한국현대수필 100년 100인 선집

수필로 그리는 자화상 ③

문혜영 수필선집

서툴러야 인생이다

수필로 그리는 자화상 ③

문혜영 수필선집

서툴러야 인생이다

인쇄 | 2023년 8월 25일
발행 | 2023년 8월 28일

글쓴이 | 문혜영
펴낸이 | 장호병
펴낸곳 | 북랜드
　　　　06252 서울 강남구 강남대로 320, 황화빌딩 1108호
　　　　대표전화 (02)732-4574, (053)252-9114
　　　　팩시밀리 (02)734-4574, (053)252-9334
　　　　등록일 | 1999년 11월 11일
　　　　등록번호 | 제13-615호
　　　　홈페이지 | www.bookland.co.kr
　　　　이-메일 | bookland@hanmail.net

책임편집 | 김인옥
기　　획 | 전은경
교　　열 | 배성숙 서정랑

ISBN 979-11-92613-81-9 03810
ISBN 979-11-92613-82-6 05810 (E-book)

값 12,000원

서툴러야 인생이다

문혜영 수필선집

북랜드

머리말

얼마나 살면 익숙해질까.
칠십을 넘기고도 낯설고 모르는 게 너무 많다.
참 녹록하지 않다. '생명'이라는 선물이.
생애의 반 이상을 문학에 매달리지 않았다면
어쩌면 지금까지 오지도 못했을 것 같다.
그나마 중심을 놓치지 않게 해 준 고마운 끈.

지나온 미숙하고 서툰 시간을
생명에게 부여한 공부라고 생각한다.
시작부터 삶의 여건들이 여의치 못했다.
세 번의 암 투병으로 고통의 시간도 진행형이다.
시련을 주실 때마다 감사하게 받아들였다.
유난히 사랑하시기에 아직 시켜야 할
공부도 많은가, 위로하면서.

아직 내 안에 내가 너무 많다.
더 내려놓고, 더 비워야 하겠는데
무엇이 두려운지 생사의 경계에서도 머뭇거린다.
내 안에 남은 사랑을 다 전하려면
시간이 더 필요하다. 나를 지탱케 한 사랑
그것이 무엇이든 간에.

그런 중에도 회한이 밀려오면
한마디 변명한다. 완벽은 신의 영역,
"서툴러야 인생 아닌가요?"

그런 일도 없겠지만, 다음 생을 주신다고 해도
배운 공부는 다 잊고 역시 낯선 시간을 헤매며
어리둥절 살아갈 것 같다. 우리 인간이란 생명체는.

문 혜 영

차례

■ 머리말

● 1부(2020~)

1

(2020~)

모래 한 알

모래 한 알이 말을 걸어왔다. 어제도 말을 걸어왔는데, 귀찮아서 그냥 무시했더니 오늘 똑같은 방법으로 또 말을 걸어왔다. 다만 어제 말 걸어온 그 녀석이 아니고 틀림없이 다른 녀석이다.

저녁 6시가 되면 산책에 나선다. 동네길 어디든 산책로지만 난, 백두고개 지나 대안천이 흐르는 승안동까지 다녀오는 코스를 즐긴다. 그 4km 구간을 짧은 보폭으로 한 바퀴 돌면 6천 보가 된다. 시골 어디나 그렇지만, 여기도 인적이 드물어 가장 편한 차림을 한다. 마스크도 목에 걸치기만 하면 된다. 운동화는 답답해서 여름철에는 가장 편한 통굽 샌들을 신는다.

어제, 그 샌들 틈새로 모래 한 알이 튕겨 올라와 발바닥을 찔렸다. 모래알을 털어내려고 발을 흔들어보다가 뒤뚱거렸지만 소용없었다. 가던 걸음을 멈추고 샌들을 벗어 모래알을 정중하게 털어 보냈다. 아냐, 너랑 동행할 수 없어.

그런데 오늘, 산자락 허물어 새로 길을 낸 똑같은 지점에서 또 모래알 하나가 튕겨 올라와 맨발바닥을 찔렀다. 자동반사적으로 또 발을 흔들고 뒤뚱거렸지만, 역시 꼼짝도 하지 않는다. 할 수 없이 멈춰 서서 샌들을 벗었다. 이번엔 털어 보내지 않고 나를 찌른 녀석을 손바닥에 올리고 말을 걸어보았다.

"왜? 어쩌고 싶은 건데?"

참 제멋대로 생긴 녀석이다. 다듬어진 구석은 하나도 없고 삐쭉삐쭉 모가 나 있다. 겨우 콩알만 한 몸으로 저보다 몇백 배 무거운 나를 찌르고 가던 길을 멈추게 하다니…, 이건 분명 말을 걸어온 거다. 무언의 몸짓으로.

요즘 수필집을 내려고 밤낮으로 컴퓨터 앞에 앉아 있다. "나를 키워낸 건 내가 헤엄쳐 온 시간이란 강물"이라면서, "물고기를 키워내듯 그 강물이 결을 만들어 나를 키웠다." 하며, 몇 달 동안 그 강물 헤집기로 시간을 보냈다. 잔물결 일렁이던 여울에서도 서성거리고, 나를 곤두박질치게 했던 두 번의 협곡도 진저리 치며 불러왔다. 그 거친 세월 동안 나를 지탱하게 했던, 그래서 오늘의 나를 있게 한 가족과 문단 인연을 고마움과 그리움으로 불러냈다. 더 늦기 전에 살아온 날들에 대한 흔적을 또박또박 기록해야겠다는 생각에 잠겨

지냈다.

그렇게 지내는 동안 할 일을 제대로 한다는 생각에 참 뿌듯했다. 좀처럼 풀리지 않던 글들이 연줄연줄 이어져 나옴에 스스로 놀라고 대견했다. 갈 길을 똑바로 가고 있다는 확신 같은 것도 있어서 요즘 내 정신은 그 어느 때보다도 투명하다.

그런데, 문득 모래알 하나가 끼어들었다. 맨발바닥을 콕콕 찌르면서 나를 멈추게 한 뒤 말을 걸어왔다.

"길은 잘 가고 있는가? 혹여 놓친 건 없는가?"

스스로 길을 잘 가고 있다고 착각하는 순간 나 자신을 잃는 경우가 생긴다. 자만심으로 중심을 잃기 때문일 것이다. 나 역시 너무 '나'에 빠져 있었던 건 아닌지. 온통 세상을 나로 가득 채우고, 나를 주축으로 우주도 운행하는 듯 오로지 '나'에 함몰되어 있었던 듯하다. 그렇게 몰두하며 열정을 사른 이번 봄여름은 내 생애 어느 해 계절보다 뜨겁고 행복했다. 그러나 어느새 선선한 가을이다. 팽창의 열기를 다스릴 시간!

고맙게 말을 걸어준 모래알을 들여다본다. 울퉁불퉁 못생긴 녀석, 지구상에서 가장 그 수가 많은 건 모래알이라 한다. 얼마나 많은지 서구의 과학자들이 재미 삼아 추산해 본 바에 따르면 7,000,000,000,000,000,000,000개 정도라는 얘기가 있다. 굳이 숫자 개념으로 헤아리자면 1조에 70억을 곱한 수라니 어디 셀 수나 있겠는가. 하늘의 별만큼 많은 모래알. 그런데 하늘의 별처럼 모래알도 다 제각각 존재한다. 부서지고 깨어져도 절대 존재성을 잃지 않으면서, 모래알은 스스로 하나의 우주가 되어 지금까지 존재해 왔다. 지구뿐 아니라 어느 별에서든 가장 오래도록.

나 역시 수많은 모래알 중 하나일 뿐, 결코 다를 바 없다. 특별할 게 하나도 없는 존재. 자, 이쯤에서 나도 다시 모래알 하나로 돌아와야겠다. 제자리로 사뿐히.

창窓

창을 낸다는 건 영혼의 숨결을 열어주는 일이다.

서울, 봉천동 살 때도 아파트 공간은 답답했지만, 창이 넓어서 숨을 쉴 수 있었다. 그 힘든 암 투병도 창문으로 계절이 흐르는 것을 지켜보며 견뎠다. 흘러가는 구름과 숲을 흔드는 바람과 흩날리는 눈발과 빗줄기가 나를 이끌고 힘든 시간을 건너게 했다. 그 시절을 그린 시 「귀환」이다.

몸이 처절하게 무너지니 난 바퀴벌레보다 못한
무력한 미물이 되어 있었다

창문으로 숲의 풍경이 네 번 바뀌었다
그사이 난 아주 힘겹게 숨을 모아
미물에서 사람으로 간신히 돌아오고 있었다

― 시 「귀환」 중에서

1부(2020~)

여기 원주로 이사 와서 십 년 만에 서재 창문 공사를 새로 했다.

울타리 밖에서는 마당 깊숙이 앉은 내 서재가 훤히 드러나 보이지 않는다. 안채와 하모니를 이루려고 설계하다 보니 북향집이 되었다. 현관문 옆에 너른 통창이 있어 안채와 대문과 뜨락을 내 서재에서 한눈에 내다볼 수 있다. 시야는 트여 있었지만, 북향이다 보니 해가 잘 들지 않아 마치 동굴에 앉은 느낌이 들곤 했다. 동쪽 창 앞엔 황토방, 서쪽 창 앞엔 창고가 가로막고 있어서 두 개의 창은 유명무실, 모두 자기 구실을 다하지 못했다. 잠자는 시간을 빼고 낮에도 전등을 늘 켜놓고 살았다.

올봄, 동창을 가로막던 황토방을 허물고, 창을 두 배로 넓혔다. 서쪽벽의 책장도 다른 데로 옮기고 벽에 큼직하니 창을 냈다. 동창東窓과 서창西窓, 두 개의 창을 새로 얻었을 뿐인데, 요즘 나는 영혼이 호사를 누리는 기쁨으로 지낸다. 바람이 드나들고 저만치 동산도 바라보인다. 낮엔 햇살이 알맞게 들어와 전등을 켜지 않아도 된다. 동창, 북창, 서창, 세 개의 창이 파노라마처럼 이어져 집 정원도 한결 넓어 보인다. 십 년을 머물던 공간인데, 창을 새로 낸 뒤 순간순간 다른 공간인 듯 착각을 하게 한다. 더 바랄 게 없다. 이런 느낌을 언제 또 가져보았던가. 슬며시 숙연해지기도 한다. 이제 조금만 더 누릴 수 있기를 소망하며.

동창을 새로 달았던 날, 미처 암막 커튼을 달지 못했다. 공사 뒤

청소하느라 고단하게 잠들었는데, 누군가 내 이마를 강타하며 흔들어 깨웠다. 저만치 길게 누워있는 덕가산 능선에서 잘 익은 불덩이 하나가 떠오르고 있었다. 아침 해를 보다니! 충격이었다. 십여 년째 불면증을 앓으며 느지막하게 일어났다. 강의가 없는 날에는 열 시까지도 이불 속에 있었다. 새벽은 내게 잃어버린 시간대였다. 그러나 동창 하나로 더는 게으름을 피울 수가 없게 되었다. 암막 커튼도 떠오르는 해의 정기를 막아내지 못한다. 나도 모르게 눈이 떠지고, 아무리 애를 써도 다시 잠들지 못한다. 자연스럽게 아침형 인간으로 생체리듬이 바뀌었다.

"떠오르는 아침 해를 보며 전율하지 않는 사람은 한물간 사람이다."

'헨리 데이비드 소로'의 말을 머리로만 알고 있었는데 이젠 온몸으로 '소로'의 '전율'을 느끼며 아침을 맞이한다.

서쪽 창으로는 명봉산 자락이 코앞이다. 봉황이 깃들어 울던 산이라고 하여 '명봉鳴鳳'이란 이름을 얻었다더니, 5~6월 뻐꾸기 울음도 내내 거기서 들려왔다. 내 컴퓨터 책상이 그 서쪽 창을 등지고 앉아 있다. 수필집 준비로 책상에 앉아 있는 날이 많다. 글에 몰두하다 보면 시간이 어떻게 흘렀는지 가늠되지 않는다. 그런데 비슷한 시간 때에 누군가 내 등을 어루만져 준다. 명봉산 능선으로 넘어가는 해가 미소 지으며 뻐근한 어깨와 등을 쓰다듬어준다. "고단하지? 수고했다." 이르는 듯.

같은 해인데, 동산에 뜨는 해와 저무는 해가 이처럼 다른 줄 미처 알지 못했다. 어린 시절부터 별바라기로 살아오던 내가 요즘은 해바라기로 살고 있다. 창을 낸 덕분에.

파리

차 문을 열었을 때, 녀석도 잽싸게 올라탔던가 보다. 시동을 거는데 자동차 엔진 소리 흉내 내며 웽~웽~ 앞자리 뒷자리를 바쁘게 활공하는 파리 한 마리가 콩알보다 작은 몸짓으로 온 신경을 거스르게 한다. 주차장을 벗어나기 전에 내보내려고 열린 창문 쪽으로 팔을 휘둘러 봐도 요리조리 피하며 나갈 생각이 전혀 없다. 어디로 가는 줄도 모르고 동승을 고집하는 녀석 때문에 마냥 지체할 수 없어 일단 출발은 했다.

골목을 빠져나가기 전에 내보낼 수 있을 줄 알았는데 녀석은 차주인과 동승을 작심했던 모양이다. 동네를 빠져나와 자동차 전용 도로로 들어설 때까지 녀석과 나의 실랑이는 계속되었지만 내가 졌다. 여기서부터는 속도를 올려야 한다. 자동차 소음도 문제지만 이제는 녀석을 위해서라도 창문을 닫아야 한다. 녀석이 사는 영역을 이미 벗어났으니까.

네 의지가 정 그렇다면, 오늘 하루만 동승을 허락하겠다. 내보내는 일을 포기하면서 창문을 닫고 에어컨을 틀었다. 그래 가자, 시골 촌놈인 너도 서울 구경은 한 번쯤 하고 싶은가 보구나. 함께 다녀오자. 한여름 무더위에 시달리다가 저도 에어컨 바람이 시원했는지 서울까지 도착하는 동안 녀석은 잠에 취한 듯 기척 없다가 가끔 깨어나 차 안을 선회하며 제 존재를 알렸다.

드디어 서울대병원 주차장. 우리 부부는 혹시나 차 밖으로 녀석이 따라 나올까 봐 잽싸게 문을 여닫았다. 제가 살던 데서 100km나 벗어난 곳이다. 곤충의 귀소 능력을 잘 모르긴 하지만, 이미 제 영역으로 찾아 돌아갈 수 없음이 뻔하다. 차 밖으로 나왔다간 시골 촌구석에서 한가롭게 두엄에서나 놀던 놈이 제아무리 똑똑해도 십중팔구 미아가 될 것이다. 서울이 어떤 곳인 줄도 모르는 녀석을 제가 살던 곳, 가족 곁으로 다시 안전하게 데려다줄 의무를 느꼈다. 진료를 마치고 다시 원주 집으로 돌아올 때까지 녀석이 창문 밖으로 나올까 봐 단단히 단속했다.

참 별일이다. 평소에는 방 안에 들어와 소음을 내며 잠을 방해하면, 어김없이 약간의 적의마저 느끼며 파리채를 들어 무단 침입의 죄를 묻곤 했다. 그렇게 징벌을 가하던, 해충에 불과했던 그런 존재였건만 그날은 어엿한 한 생명으로 내게 온 것이다. 존중해줘야 할 생명으로…. 타지에서 방황하다가 객사할까 봐 그리 마음이 쓰였던 것을 보면.

하나의 깨달음이 스치며 지나갔다. 이 세상을 우린 어떤 기준으로 분별하고 사는가. 오직 인간중심주의로 대상을 인식하며 유익한가 유해한가를 가른다. 유익에 든 종은 보호해야 할 대상이지만, 유해하다고 판단되는 종은 퇴치해야 할 대상으로 철퇴를 가함이 마땅하다고 생각한다. 지구라는 별나라에서 가장 우위 그룹을 점하고 있는 인간이 누릴 권력이기나 한 듯이.

그날, 그 녀석을 무사히 원주 집, 제 영역으로 데려와 차창 밖으로 내보낸 후 어찌 살아가고 있는지 걱정해 본 적도 없다. 사실 또 알아볼 방법도 없는 일이니까. 가끔 내 방에 무단 침입하는 그의 동족이 있으면 습관적으로 파리채를 휘두르다가 혹시 그 녀석인가? 천방지축 호기심 많던? 그의 자손인가? 번개처럼 궁금증이 일었지만, 알아본들 어쩔 것인가. 곧 그 관심조차 내려놓는다.

신은 사랑도, 생명도 더러는 다른 모습으로 나타나게 하여 우리를 시험한다지만, 인간 중심의 이해관계도 잠시 잊고 그의 동행을 허락했던 그날의 일은 단 하루의 해프닝으로 족한 것 같다. 여전히 머뭇거림 없이 파리채를 휘두르며 아무렇지도 않은 듯 살아가는 나를 발견한다.

1부(2020~)

뱀

세상에서 가장 무서워하는 것을 꼽으라 하면 뱀이다. 모든 뱀이 다 맹독을 가진 건 아니니 무서워하는 이유가 꼭 독성 때문이라 할 수도 없다. 파충류들은 그 형상부터 혐오스럽고 위협적이다. TV 화면에서도 뱀이 등장하면 얼른 채널을 돌리곤 했다.

여기 시골로 오니, 뱀이 그리 먼 곳에 살지 않음을 알게 되었다. 주변 어디에도 그들은 존재했다. 집 근처 백두고개 산책하다가도 만났고, 백운산 휴양림 산책하다가도 만났으며, 연세대 매지 호수를 산책하다가도 만났다. 그들은 한 번도 이탈해 보지 않은 자신의 영역에서 단지 길을 가고 있었을 뿐이리라. 뜻하지 않은 만남이 달갑지 않은 건 그들도 마찬가지였을 테다. 비명을 질러대는 인간 족속에 놀라 잠시 주춤 얼음이 되기도 하지만, 먼저 정신을 차려 난감한 사태를 수습하는 건 언제나 뱀, 그들이었다. 기적 없이 나타났던 것처럼, 슬며시 풀숲으로 사라져주었다. TV 화면에서 보아 온, 먹이를 향한 혀 널름거림도 없었지만, 느닷없는 상면의 잔상은 오래 남았고 그 소스라침의 여운도 아주 길었다.

경계심은 여전히 풀지 못하지만, 언제부턴가 그들이 달리 보이기 시작했다. 자주 접한 환경 때문에 조금 더 그들에게 다가갔는지도 모르겠다. 사람을 만나면 저들도 당황스럽겠지? '공격하지도 않았는데 호들갑스럽기는~' 조용히 타이르며 스르르 미끄러져 가는 몸짓이 오체투지로 보였다. 이브 유혹의 벌로 후손만대 지하 생활도 모자라서 또 저렇게 수행하며 살아온 건가? 그들은 수행자修行者다! 그러다가 또 그들은 현자賢者다! 라고 생각되기도 했다. 한일자의 몸을 비틀어 머리와 꼬리로 어쩌다가 뫼비우스의 띠를 보여줄 때다. '시간은 끝없이 반복되는 과정! 시작과 끝은 하나야.' 백 마디 언어보다 한마디 몸짓으로 알려주는 '진리'가 소름 돋았다. 오체투지로 수행하며 그들이 에덴동산 이후 깨우쳐 온 것도 다름 아닌, 영원성이란 생각이 들었기 때문이다.

봄가을이면, 우리 집 마당에도 뱀이 나타났다. 이사 와서 얼마 지나지 않았을 때였다. 밤에 주차장에 차를 세우고 내리다가 하마터면 미동도 없이 납작 엎드린 그를 밟을 뻔했다. 그때의 충격이 커서 밤중엔 집 마당에서도 야외 등을 밝혀야 안심하고 잔디를 밟는다.

연례행사처럼 봄가을이면 한두 차례 마주치는 상견례가 싫어서 여러 방법을 써보곤 했다. 나프탈렌을 잔뜩 사서 구석구석에 뿌려 놓기도 했고, 백반을 한 움큼씩 뿌려두기도 했다. 그래도 어김없이 봄가을이면 등장하여 한바탕 소란을 피우게 했다. 산자락 바로 밑은 아니지만, 시골집엔 뱀이 숨으려면 안성맞춤인 곳이 많고도 많다. 대문 옆 꽃 잔디 화사한 돌담 속이나 데크 밑 등 얼마든지 보금자릴 마련할 수 있다. 가장 의심이 가는 데는 황토방의 으슥한 어딘가였다. 잘린 나뭇가지들과 종이 상자들이 무질서하게 쌓인 아궁이 옆 공간이거나 지붕 밑 틈새, 어쩌면 그 주변 잡초더미 돋아난 땅속 굴일 수도 있다. 하여튼 확증할 수는 없지만, 우리 집 번지수엔 그들의 은신처가 더 먼저였을 것이다.

사용하지 않게 된 황토방이 주인의 관심 밖에 있으니 그 앞뒤 화단에도 잡초가 무성했다. 양귀비와 수레국화를 다 덮어버리고 고사리와 눈개승마와 세력을 견주며 잡초는 갈대만큼 키를 높였다. "저기서 꼭 뱀 나오겠어요, 잡초 좀 없애줘요!" 마당쇠를 자처하는 남편에게 사정해 보았다. 그러나 제초기나 제초제 다루는 걸 좋아하지 않을뿐더러 자기 맘 내키는 일만 하는 마당쇠라 들은 척도 안했다.

두 해 전 봄, 옆집에 절이 들어왔다. 인사차 들른 스님과 황토방 앞 테이블에서 이야기를 나누는데, 그 옆 자두나무 가지를 타고 뱀이 오르고 있었다. 나무줄기와 비슷한 갈색으로 보호색을 띠고 있었으나 그 조용한 꿈틀거림이 미세한 파장으로 우리의 신경에 전달되었던 모양이다. 바닥에서 꿈틀대는 모습을 보던 때보다 훨씬 더 강렬한 자극이었다. 사색이 되긴 스님도 마찬가지였다.

그런 사이 우리 집 진돗개, '가을이'가 흥분을 감추지 못해 우렁 차게 짖어댔다. 아마도 뱀에게 물려 사경을 헤맸던 오랜 기억이 되 살아났었나 보다. 어디에서 물렸는지 모른다. 목덜미가 사발만큼 부어오른 채, 한 자리에 부동으로 서 있었다. 언제나 어디서나 번개 처럼 달려와 반겼었는데, 아무리 용을 써도 소변이 나오지 않는 눈 치였다.

하필이면 시어머니가 갑자기 위독해지셔서 응급실로 모시고 간 날 아침이었다. 응급실도 어머니가 먼저였다. 어머니 일을 수습하 고 오후가 되어서야 겨우 짬을 내어 동물병원으로 데려갔지만, 이 미 번져버린 독 때문에 꼬박 한 달 이상 병원 치료를 받아야 했다. 가을아! 가을아! 소리쳐 불러보아도 답이 없던 녀석, 가슴 철렁해져 서 여기저기 살펴보면, 구석진 자리에서 부동의 자세로 소변보기에 안간힘을 쓰고 있었다. 그 후로 녀석은 뱀이 나타나면 천적 만난 듯 사생결단을 내고야 만다.

어떤 이유라도 살생은 싫다. 어느 개체가 독을 지녔는지 구별하 지도 못하니 무조건 서로의 영역을 침범하지 않고 평화 협상으로 살아가는 게 상책이겠다.

올봄에는 뱀이 은신처로 삼았을지도 모르는 황토방을 아예 허물 어 버렸다. 물론 그 이유만은 아니었지만, 자두나무도 베어버렸고

잡초밭도 깔끔히 정리했다. 그래선지 아직 그가 등장하지 않았다. 그래도 방심은 금물이다. 돌담 사이사이, 그 으슥한 어둠 속을 어찌 알겠는가.

공교롭게도 같은 날 아침, 동시에 위기를 겪게 되었던 두 생명은 생사가 엇갈렸다. '가을이'는 독사의 맹독을 이겨내고 한 달여 만에 건강을 되찾아 여전히 잘 짖어대고 잘 뛰어다닌다. 하지만, 시어머니는 세월의 맹독을 이겨내지 못하고 중환자실 두 달 만에 아흔다섯 해 동안 이어오던 숨결을 영영 놓으셨다.

그러고 보니 뱀보다 무서운 독을 가진 건 세월인가 보다. 피할 수도 없고 대항할 수도 없는 최고의 강적, 세월! 무쇠도 삭게 하는 맹독을 감추고 세월이 구불구불 우리를 휘감고 흐른다.

울음의 길

하늘이 몸부림친다.

우르릉 쾅, 우르릉 쾅,

창을 닫고 암막 커튼도 내렸는데, 몸부림치는 하늘의 통곡이 고스란히 전달된다. 천리만리 울음의 길을 달려와 온몸으로 부딪히며 눈물로 세상 다 덮으려는 기세다. 항변이라도 하려는가 거침이 없다. 때리고 두들기고 흔들어 댄다. 기운이란 기운을, 소리란 소리를 다 쏟으며 맘껏 투정하는 하늘.

난, 언제 저렇게 몸부림쳐 본 적이 있었던가.

난, 언제 저렇게 소리쳐 울어본 적이 있었던가.

초등학교 때였다. 엄마에게 서운했다. 난 운동화 밑바닥이 벌어져 질질 끌고 다니면서도 떼쓰지 못했다. 피란길에서 아버지를 잃고 겨우 살아남은 우리 가족, 낯선 남한 땅에서 생목숨을 이어가야 했다. 가진 것도 없고, 도와줄 사람도 없어 해가 아무리 바뀌어도 피란살이의 연장일뿐. 배급받은 밀가루로 어머니는 팥수제비를 매일 끓여서 어린 네 자매의 끼니를 이어 나갔다. 그때 팥수제비에 물려버린 큰언니는 지금도 그런 종류의 음식을 좋아하지 않는다.

떼를 쓴다고 해도 운동화가 나올 형편이 아님을 너무 잘 알았다. 눈치만 살피고 있던 어느 날 엄마가 동생이 떼쓰던 걸 사 주셨다. 그것이 무엇이었는지 기억에 없다. 단지 밑바닥 벌어진 내 운동화보다 더 급한 것이 아니었다는 사실만 생각난다. 속상한 걸 내색하지 않으려 애썼다. 자려고 누웠는데 온종일 눌러 참았던 눈물이 멋대로 흘렀다. 우는 걸 들키지 않으려고 이불을 끌어당겨 얼굴을 덮었지만, 꾸물꾸물 눈물 훔치는 셋째 딸의 마음을 엄마가 눈치채셨다.

"우니? 미안하구나. 늘 엄마 마음 잘 알아주는 우리 딸!"

"미운 자식 떡 하나 더 준다는 말 있단다."

몰래 훌쩍이는 딸을 달래면서 엄마가 나지막하게 꺼낸 말, 한숨처럼 들린 그 말이 내 눈물을 멈추게 했다. 겉으로 보이는 사랑이 전부인 줄 알았는데, 아닌가 보네. 보여주지 못하는 사랑도 있는가 보네. 그때 '속사랑'이란 걸 처음 알게 되었다. 열 살 나이에. 어른들의 세계는 복잡하구나, 마음이라는 건 겉과 속이 다른 복잡한 구조로 되어있구나. 보여주지 못해서 그 속사랑이 어쩌면 더 깊을 수 있음도 어림짐작 느끼고 깨달았다. 이후로 이불 속에서 훌쩍이지 않도록 스스로 다스렸다. 마음 아파지게 만드는 세상사 모두를 내색하지 않으며 버티었다.

그렇게 일찌감치 애어른이 되어버렸다. 어떤 경우가 닥치든 서운해하지도 않고 투정하지도 않는 애어른. 누가 그래야 한다고 일러주지도 않았고 강요하지도 않은 일이다. '속 깊은 사람' 그런 단어가 좋아서 거기 걸맞게 살려고 애썼다. 자신을 철저히 단속하면서. 그런데 오십 후반에 암이 찾아오면서 몸이 내게 제동을 걸었다. 아니야, 가끔 투정도 필요해! 건강을 해치지 않으려면.

마음이 속고 있었다. 마인드 컨트롤을 꽤 잘하는 편이라고 나 자신도 생각했는데, 몸은 정직해서 아무렇지 않은 척 외면하고 있던 아픔들을 고스란히 껴안고 있었던 거다. 겪어보니 암은, 서러움의 언어였다. 몹시 서러워하는 몸의 언어.

극심한 고통에 시달리면서 마음이 아닌 몸의 소리에 귀 기울였다. 절망과 공포가 무엇인지, 때론 죽음의 그림자를 어른거리게 하면서까지 몸이 일러주는 말은, '혼자 견디려고만 하지 마라, 풀어놓아라'였다. 그러나 쉽지 않았다. 본래의 성품도 그렇지만, 오래도록 길들여 온 습성을 아예 바꾸기는 힘들었다.

태어날 때부터 잘 울면 건강하다고 한다. 어떤 울음을 울면서 태어났는지 기억할 순 없지만, 난 소리 내어 우는 아이가 아니었다. 어떤 경우든 울음을 들키지 않으려는 유형이었다. 그런 소심함이 어른이 되어서도 연결되어 세상 무너지는 슬픔 앞에서도 묵묵히 견디려 애썼다. 엄마가 세상을 뜨셨을 때도, 동생이 급작스럽게 떠나갔을 때도 눈이 짓무르도록 흐느끼기만 했지, 통곡하지도 못했고 몸부림치지도 못했다. 우는 법을 잊은 듯.

문학은 내가 만들어 가는 유일한 울음의 길이다. 비교적 젊은 나이에 글이 울음의 통로가 될 수 있음을 알게 되었다. 그 덕에 용케 여기까지 온 것 같다.

우르릉 쾅, 우르릉 쾅,

천지를 뒤엎기라도 하려는 듯 몸부림치는 저 소리가 오늘 밤 나를 무장해제 시킨다. 내 심연에 저리 따라 해 보고픈 큰 울음 하나 있었나 보다.

집채 하나 허무는 시간

전원생활의 로망은 황토방이다. 십 년 전, 서울을 벗어나고 싶어 이곳저곳 둘러보다가 여기 원주에서 이 집을 만났다. 그림을 그리는 안주인의 취향이겠지만 소박해 보이는 붉은 벽돌집 화단엔 한련화가 흐드러지게 피어 있어 정겨움을 더했다. 텃밭과 창고, 황토방이 부속으로 딸려 있었다. 전용 황토방이라니, 남은 생을 보내기엔 부족함이 없어 보여 내놓은 가격을 깎지 않았다.

먼저 살던 주인 내외의 인상이 참 푸근했다. 사계절 내내 황토방에 머무는 시간이 많다던 두 사람. 군불 지핀 뜨끈한 바닥에 몸을 누이고 있으면, 만 가지 근심이 사라진다고 했다. 황토가 품고 있는 서늘한 기운은 여름철 더위도 수그러지게 하며. 쪽창으로 맞바람을 들이면 선풍기가 필요 없다고도 했다. 그렇게 지내노라면 난방비와 냉방비가 절약된다니 얼마나 경제적인가. 나도 저 내외처럼 비워내고 편안해지리라, 저들이 누린 행복만큼만 가져도 좋으리라, 상상에 젖어 있었다.

그러나 이사 온 후, 십 년이 지나도록 황토방에서 단 하룻밤도 자본 적 없다. 아니, 방바닥에 몸을 지지며 반 시간도 버티어 본 적 없다. 군불을 지피면 바닥 한가운데는 장판지가 구워질 만큼 펄펄 끓지만, 구석진 자리는 냉랭하기가 북극이었다. 너무 뜨거워 불판 위 장어처럼 몸을 틀며 열대와 북극으로 자리 옮김을 하다가 뛰쳐나오곤 했다.

오래 머물지 못할 이유는 또 있었다. 이사 초, 도배 장판을 새로 했는데도 갈라진 틈새로 연기가 스멀스멀 새어 나와 목을 칼칼하게 했다. 불을 지피면 탁한 연기가 아궁이로 되돌아 나오는 것을 보고 지붕과 굴뚝도 새로 갈았지만, 근본적으로 구들이 잘못 놓였는지 개선되지 않았다.

그래도 견뎌봐야지, 로망이었잖아, 처음엔 그렇게 마음먹기도 했다. 그러나 TV나 컴퓨터, 책이 없는 공간에 익숙하지 않아 무료했다. 만 가지 근심이 사라지는 것이 아니라, 온갖 잡념이 슬며시 일어났다. 근심을 풀어주는 공간, 화장실이 붙어 있지 않음은 대책없는 불편함이었다.

집은 사람이 드나들어야 온기가 돈다. 이용하지 않으니 황토방은 점점 더 쇠락의 속도가 빨라졌다. 아궁이가 있는 봉당엔 전지로 잘린 나뭇가지와 태울 수 있는 온갖 허접스러운 것이 수북수북 쌓여갔다. 오래도록 불기 한번 받아보지 못한 눅눅한 방엔 버리지도 못하고 누구에게 주지도 못한 책과 옷가지들이 쌓여갔다. 그 방에 쥐가 집주인 대신 드나드는 모양이었다. 한지를 바른 문짝 한 귀퉁이가 뜯겨 있었고, 쪽창 방충망도 살짝 구멍이 나 있었다. 먹을 것도 없는데, 그곳을 별장처럼 이용하는지, 쥐똥과 함께 놀고 간 흔적을 여기저기 남겨 놓았다.

드디어 십 년 만에 결단을 내렸다. 황토방을 헐어내기로. 그것이 지닌 재산 가치에 대해서 잠깐 생각이 스쳤지만, 곧 머리를 저었다.

작은 포크레인이 이른 아침부터 작업을 시작했다. 나도 서둘러 일어나 꼼짝 않고 한 존재가 어떻게 지워지려나 지켜보았다. 그런데, 삽질 한나절 만에 황토방이 사라졌다. 우리가 이사 와서 십 년, 지어진 때로부턴 이십 년이다. 스무 해 버틴 존재물의 자존심도 별거 아니었다. 삽질이 지나가면 뭉텅뭉텅 저항도 없이 무너져 버렸다.

거짓말 같았다. 우리 삶이 온전한 집 하나 소유하려고 한평생 달려왔다 해도 틀린 말이 아닌데, 허무는 건 한나절이면 되다니! 달려온 시간에 비해 너무 짧다. 그저 눈 한번 깜빡이는 순간에 모든 소유, 모든 존재의 삭제가 가능하다.

애면글면하는 사랑도, 전전긍긍하는 목숨도, 다 그럴 것이다. 이루는 건 한평생, 허무는 건 한나절. 그러나 영원의 시간대에선 한평생이나 한나절이나 별 차이 없는 한바탕 꿈일 것이다. 조금 길게 꾼 꿈과 조금 짧게 꾼 꿈.

1부(2020~)

황토방 앉았던 자리가 텅~하다. 원래 그렇게 빈 자리였기나 한 듯, 비어 있음이 아주 편안하고 자연스럽다. 허탈한 건지 허허한 건지 분간할 수 없는 감정이 가슴을 한번 휘젓고 지나갔지만, 햇살 쏟아져 내리고, 바람 휘휘 지나는 새 공간을 보며 자꾸 웃음이 피어오른다.

황토방 하나 헐어낸 자리만큼 햇살도 바람도 숨 쉬는 오후, 내 안 우주도 어느새 조금 여백이 만들어졌나 보다.

시간을 건너오는 기억

혼자 놀고 있다. 글의 실마리가 잡히지 않아 빈 문서창에 글자 하나 올리지 못하니, 모니터도 절전모드로 커튼이 닫혔다. 반사작용인가, 머리 회전 대신 컴퓨터 의자를 빙빙 돌린다.

비 내리는 창밖도 내 머릿속만큼이나 고요하다. 햇빛이 숨어버린 이런 날은 향기를 불러내고 싶다. 라벤더 향초도 켜놓고, 예가체프 커피도 내려 마신다. 꽃이 진 지 오래인 재스민 화분에도 코를 대 본다.

문우가 보낸 저서도 펼쳐 읽는다. 작품마다 그의 인품이 향기로 배어 나온다. 마중물이 될 단어 하나 건지고픈 막연한 기대감은 채우지 못했으나 잠시 문향에 젖을 수 있었던 것도 고맙다.

아침부터 시작된 보슬비에 뜨락은 이미 흠뻑 젖어 있다. 바람을 동반하지 않고 소리 없이 내리는 비에 초록이 살아난다. 나무도 잔디도 말끔히 씻긴 얼굴로 한층 더 싱그럽다. 며칠 전부터 벙글기 시작한 수수꽃다리 꽃송이들. 제대로 피어보지도 못하고 이번 비에 고개 꺾일까 계속 눈길을 주고 있는데, 부드러운 빗줄기에 애무받 듯 비를 즐기니 걱정 안 해도 되겠다.

내일쯤, 이 비가 그치고 나면 저 연분홍 꽃잎에서 번져 나오는 향기가 열린 창 안으로 더 진하게 스며들어 나를 혼미하게 흔들어 놓을 것이다. 꽃향기 중에서도 일품인 수수꽃다리 향기. 서재 통창 앞에 어린 생강나무와 수수꽃다리를 나란히 심었던 것은 몇 년 전이다. 거름도 주지 않은 뜨락에서 스스로 알아 잘도 크더니 이젠 두 나무가 통창의 향기와 푸르름을 더해주고 있다.

우리 집 봄은 이 두 나무로부터 시작된다. 자글자글한 노란 꽃망울로 생강나무가 봄을 불러오면, 뒤이어서 몽글몽글한 연분홍 꽃망울이 폭죽 터뜨리며 수수꽃다리가 봄을 무르익게 한다. 매번 경탄한다, 그 비밀스러운 손짓에. 언 땅 어디에다 저 깊은 향기를 감춰 두었다가 내놓는 것인지,

좋은 향기는 코끝만 스치지 않는다. 후각의 신경망을 통해 온몸을 휘젓고 다니면서 기억 창고 속 먼 시간을 불러오고 거기 어른거리는 삶의 그림자도 함께 데려온다.

시간을 건너오는 기억들은 다 향기롭다. 무척 힘들었던 시간조차 모질었던 서사는 세월의 거름망에서 촘촘하게 다 걸러지는지 그리움이라는 진액과 아쉬움이라는 향기만 남아 건너온다. 한겨울 땅 밑에서 뿌리가 겪어냈을 어둠과 추위는 다 걸러내고 향기만 밀

어 올리는 수수꽃다리처럼.

　내 지난 시간이 분명 다 화양연화는 아니었다. 아프고 서러운 날이 오히려 많았는데 그동안 잘 견디어왔다. 수수꽃다리 같은 일품 향기를 품고 있지는 못해도 척박한 땅에서 싹을 틔우고 살아냈으니 스스로 생각해도 대견스럽다.

　솔직하게 이만큼 나이 먹도록 살 거란 생각을 하지 못했다. 손금을 전적으로 믿는 바보는 아니지만, 생명선이 유난히 짧아 단명의 예감을 무의식 속에 키웠던 것 같다. 시난고난했던 어린 시절이 문제이기도 했다. 번듯한 병명 하나 없이 다 증상들뿐이었던, 소화 불량, 저체온증, 365일 이어지는 감기, 몸살. 세월의 반을 약봉지와 함께 지내면서 일찍 고개 꺾일 줄 알았는데 여태껏 살아남았다. 남은 날들은 또 두 번의 암 투병과 후유증에 시달리며 십여 년이 버겁게 지났다. 그리고 어느새 노을이니 살아 있는 매 순간이 기적이고 선물이다.

　봄비에 젖은 오후가 나를 적신다. 수수꽃다리 향기로, 그 나뭇가지에 저공으로 날아와 앉는 이름 모를 새의 날갯짓으로 나의 하루를 가득 채운다. 시간의 그물을 건너오는 동안 고통의 기억마저 증발해 버렸는가. 시간이 마법 같다. 그 마법의 힘으로 이렇게 고요하고 향기로운 봄날을 온몸으로 느끼고 있다. 이 순간이 또 하나의 마법이다.

1부 (2020~)

수수꽃다리 향기에 취해 나는 다시 혼자 놀이에 빠져들어야겠다. 어딘가 침잠해 있는 나의 어휘들을 찾아서.

큰 원 그리기

그는 성주다. 소유한 영토는 비록 삼백여 평에 지나지 않지만, 살아가는 데 크게 부족함이 없어 누구에게도 주눅 들지 않는다. 거주자는 그를 포함해서 총 네 명. 엄밀히 따지면 그중 '보미'와 '가을이'는 견종이니 실제적인 인간 백성은 아내 한 사람뿐이다. 그 하나뿐인 백성이 늘 건강 상태가 신통치 않아 혼자 덩그러니 성에 남게 될까 봐 그는 노심초사한다. 그래서 그 백성을 부리기보다 차라리 왕비로 모시며 시중들기를 자청한다. 아주 기꺼이 집사도 되고 마부도 된다.

그의 성안에는 아내가 머무는 별궁, 그가 머무는 본궁. 두 채가 있다. 사십여 평 본궁엔 그의 침실과 손님방이 있고, 너른 거실엔 TV 소파 식탁 책장이 단출하게 배치되어 있다. 그의 집무실은 거실 옆 부엌 공간이다. 매끼 전기밥솥에 쌀을 씻어 스위치를 누르고, 아내가 해놓은 밑반찬을 냉장고에서 꺼내 접시에 가지런히 담아 하루 두 번의 식탁을 차려낸다. 그의 아내가 부엌에서 요리할 땐, 씻고 다듬고 벗겨내는 집사 노릇을 익숙하게 잘 해낸다. 설거지도 그의 몫이다.

원래도 잘 거들었지만, 그의 아내가 림프절 하나를 절제하고 퇴원할 때, 같은 날 퇴원 절차를 밟던 몇 명의 환자와 그 보호자를 불러놓고 수간호사가 당부하던 말을 그는 철저히 지켜나가고 있다.

"절대로 팔을 무리하게 쓰면 안 됩니다. 환자는 물론 더 조심해야 하지만, 여기 계신 보호자님들! 되도록 팔을 쓰는 일을 시키면 안 됩니다. 부종이 오면 방법이 없습니다. 다 그렇게 도와주실 거죠?"

그 세미나실에 보호자로 따라온 남자들은 수간호사의 눈길을 피해 다 고개를 수그렸고, 아무도 응답하는 사람이 없었다. 그를 비롯하여 모두 난감한 앞날을 예견하는 씁쓸함이 그 수그린 얼굴에서 드러났다.

그의 하루는 아주 분주하다. 아침에 눈 뜨면 삼십 분쯤 스트레칭을 한다. 한 침대에서 그의 얼굴에 궁둥이를 붙이고 잠드는 몰티즈, '보미'도 깨어나 그의 거동 하나하나에 시선을 보내고 따라다닌다. '보미'는 그의 껌딱지다. 다음에 그의 아침은 진돗개, '가을이'를 산책시키는 일로부터 시작된다. 배설은 꼭 궁 밖 후미진 풀숲에서 하는 버릇이 있어서 눈비에 상관없이 산책은 365일 이어진다. 그가 칠십 중반의 나이를 체중이나 체력에 큰 변화 없이 그나마 건강하게 넘어가는 비결은 다 '가을이' 덕분이다.

그가 또 건강을 유지하는 비결은 텃밭이다. 울타리 밖, 그의 소유인 텃밭 이십여 평과 옆집의 놀고 있는 텃밭까지 족히 육십여 평이나 되는 땅이 그의 놀이터다. 봄철에 퇴비 주는 일로 시작하여 비료나 농약 한 번 주지 않는데도 꽤 만족스러운 소출을 가져다주는 고마운 텃밭. 농법을 알지도 못하고 이웃에서 파종하면 눈어림으로 따라 하는 정도인데, 옥수수도 고추도 시퍼렇게 자라고 있다. 특히 고추 농사는 그의 자부심이다. 가뭄이나 탄저병도 그의 고추밭을 망치지 않아 이웃 농부도 부럽다고 한마디 던질 만큼 해마다 열매가 튼실하다. 가을이면 고추 말리기에 온갖 정성을 쏟는 그의 얼굴에 자랑이 스멀스멀 올라온다.

배추 무 농사도 그의 자랑 중 하나다. 서울을 떠나 원주로 성을 옮겨온 뒤, 김장김치 맛은 순전히 그의 땀으로 이루었다. 바다에서 구해와야 하는 새우젓, 액젓류를 빼고 육지에서 얻는 재료는 다 그의 손을 거쳤으니까. 자연 유기농 농법처럼 삶도 그렇게 순리대로 일구고 있어 그는 평화롭다. 욕심도 아쉬움도 진즉 내려놓은 삶. 자급자족하며 작은 성에서 이대로만 유지되기를 바라면 된다.

그러나 사실을 말하자면, 가끔 그를 흔드는 건 따로 있다. 한순간에 그의 평화를 흔드는 건 철모르는 아내이다. 여전히 자신이 살던 별을 잊지 못하는 여자. 나무꾼과 선녀로 만나 자식 둘을 낳고, 처지고 주름 잡히고 다 늙어가고 있건만, 아직 자기 별궁에 틀어박혀서 촘촘히 실을 엮는 여자. 밤하늘의 별을 자주 올려다보며 언어

로 비단을 짜서 날개를 만드는 못 말리는 여자. 이젠 날개를 내어주
어도 돌아갈 방법도 없고 시효도 한참이나 지나버렸음을 모르는
여자. 그런 여자가 낯설다. 날개를 지으려고 베틀에 앉아 있을 때,
아내는 한 번도 품에 안아보지 않았던 여자 같다. 거기다가 함께 살
아온 세월을 몽땅 잊은 듯 먼 초점으로 그를 바라볼 때면, 마음이
한없이 초라해지고 외로워진다. 그럴 때면, 그는 체신을 잊고 자신
이 그녀에게 바친 희생과 사랑을 각인시키려 애를 쓴다. 아, 그럴수
록 더 초라해지고 작아지는 걸 모르지 않건만.

　마당 깊숙한 곳, 스무 평 별궁에 사는 여자는 잊은 게 아니다. 그
와 함께 살아온 숱한 세월을 어떻게 잊을까. 날개를 지으려고 베틀
에 앉아 밤을 밝히는 날이 많지만, 그건 떠나온 별이 막연히 그리워
서가 아니다. 나날이 늙어가면서 그의 성주가 자꾸 작은 원을 그려
서이다.
　그의 성안엔 다른 사람들은 모르고 부부만이 아는 아주 견고한
두 채의 집과 두 마리 견종이 더 있다. 그가 슬그머니 지어놓은 아
집과 고집, 그리고 언제부터 키우기 시작했는지 모르는 개 두 마리,
편견과 선입견이다. 아무것도 아닌 일에도 그는 걸핏하면 그 두 마
리 개를 부려서 왕왕 짖게 하다가 수세에 몰리는 듯하면 어느새 그
두 채의 집에 달팽이로 들어가 나오려고 하지 않는다. 여자는 그런
그가 낯설다. 그럴 땐 한 번도 그 품에 안겨본 적 없는 눈빛이 되곤

한다. 우주만큼 커서 여자의 하늘을 다 감싸주고도 남았던 젊은 날의 성주는 어디로 갔는지? 먼 초점으로 그를 바라보곤 하는 이유다.

부부로 오래 한 성에서 살다 보면, 의견충돌은 당연한 거다. 그서로 다름을 조율하는 과정을 굳이 싸움이라 말한다면, 거기에 백전백승을 이루는 전략이나 기술 따위는 없다. 다만, 여자는 조율과정에서 주고받는 마음 할큄이 싫어서 짐짓 모른 척하며 딴전을 부린다. 두 채의 집인 아집과 고집, 그리고 두 마리 견종인 편견과 선입견까지 다 품을 수 있도록 더 큰 원을 그리면서.

앨커트래즈

시골 생활이 어느새 십 년째다. 아파트에서 기르던 몰티즈 한 마리, 지인에게서 두 달 된 진돗개 한 마리를 데려와 가족으로 함께 산다. 집 안에서만이라도 목줄에 묶이지 않고 맘껏 뛰어다니게 하고 싶었다. 고라니가 드나들 만큼 시골집은 원래 틈새가 많았다. 허술한 울타리와 이름뿐인 주차장, 대문을 바꿔 달았다. 경계를 튼튼하게 하고 나니 비로소 안심되었다. 천방지축 뛰쳐나가서 안전사고를 치는 일은 없을 테니까.

진돗개 '가을이'는 성견이 되면서 집을 지켜야 한다는 사명감이 투철하여 누군가 주변을 지나면 엄청 사납게 짖어댄다. 큰 몸짓만으로도 위협이 느껴질 텐데 동구 밖까지 울려 퍼질 큰 목청에 민망해질 때가 많다.

야성이 강한 이 녀석 때문에 대문 단속에 신경을 더 쓰게 되었다. 그런데 몇 해 전부터 나무 대문의 양쪽 틀이 제 몸무게에 못 이겨

내려앉더니 수평이 어긋나면서 잠금장치가 기능을 못 했다. 툭 건드리기만 해도 문이 멋대로 열려 궁여지책으로 긴 걸쇠를 대문 안쪽 중간에 달아 이중장치를 해 놓았다. 문제는 이 걸쇠의 위치다. 밖에 드나들려면 팔을 대문 안쪽으로 뻗어 그 걸쇠를 여닫아야 하는데, 나는 팔이 닿지 않는다. 동네 산책하러 나갈 때조차 팔이 긴 남편이 그 일을 전담하고 있다. 녀석들의 자유와 안전을 위해 마련한 공간 속에 자연스럽게 내가 갇힌 꼴이 되었다.

그런 사정을 아는 가까운 지인 한 사람이 '앨커트래즈'라는 단어를 들어 나를 놀렸다. 누군가의 도움 없이는 밖으로 한 발짝도 나오지 못하면서 전혀 답답해하거나 불편해하지 않는 것 같아서 신기해 보인다고 했다. 앨커트래즈의 재소자들, 그들도 그랬을까? 자의와 타의에 상관없이 환경에 적응하면서 익숙해졌을까? 몇 년 전 샌프란시스코를 방문했을 때 페리호를 타고 가까이 스쳤던 그 섬의 서늘한 풍경이 떠올랐다.

앨커트래즈Alcatraz는 샌프란시스코 앞바다 한가운데 섬에 있다. 마피아 두목 알 카포네가 수감되었던 곳으로도 유명한, 인류 역사상 탈출이 전혀 불가능했다고 알려진 교도소다. 샌프란시스코 앞바다는 빠른 조류와 낮은 수온으로 헤엄치기도 힘들지만, 설령 교도관을 속이고 탈출했어도 바다에 몸을 던지는 순간 바로 몇 초 내로 상어에게 먹혀버리기에 탈출을 감행하려는 마음도 먹기 어려웠다고 했다. 원래는 원주민이 채집하거나 사냥하던 장소였지만, 자연지형의 조건으로 남북전쟁 이후엔 미군 방어 요새로 쓰였다가 군사 감옥으로 바뀌고, 1963년까지 연방 교도소로 사용되었던 곳이다. 지금은 국립공원으로 지정되어 관광지로 바뀌었으며 탈옥을 주제로 하는 영화의 배경지가 되기도 했다.

밤마다 앨커트래즈의 재소자들은 그들이 머무는 방의 창문으로 샌프란시스코의 야경을 보았다고 한다. 그 불야성의 땅은 무엇보다 큰 희망 고문이었을 것이다. 불과 2km 떨어진 거리, 눈앞에 빤히 보이지만 자신의 의지로 돌아갈 수 없는 그 불빛의 세계. 덧없을지언정, 속박은 자유에 대한 소망을 더 절실하게 키웠을 것 같다.

한동안, 머릿속에서 '앨커트래즈'라는 단어가 떠나지 않았다. 나는 여기, 대안리 은행정에서 갇힌 삶을 살고 있는가. 그 반대라서 웃음이 나왔다. 나를 지켜주는 요새며 나만의 성城이다. 아무리 아름다운 지구 어디를 가도 이곳만큼 편안함을 주지 못한다. 대문 걸쇠가 손이 닿지 않아도, 원하면 언제든 시중처럼 손을 빌려주는 사람이 곁에 있다. 별채 서재에서 홀로 밤을 밝히고 앉아 있어도 불침번이 되어 지켜주는 '가을이'가 버티고 있다. 한밤중 간혹 가위에 눌려 무서운 악몽에서 눈을 떴을 때도 내 누운 자리가 변함없는 내 침대이며, 내 현주소는 아직 지구라는 별에 소속되어있음에 안도의 숨을 내쉬곤 한다.

그렇게 안온한 성인데도 가끔 나는 밤하늘의 별을 본다. 앨커트래즈 재소자들이 그들 창문으로 샌프란시스코 불빛을 바라보았듯이, 수시로 가슴이 펄펄 끓는다. 갇히지도 않았는데 실체도 모르는 열망이 속에 응집되어 나를 끓게 한다. 체온을 재면 온도계가 기초 체온에도 미치지 않는 35도를 가리키고 있으니 타는 것은 몸이 아니라 마음임을 알겠다. 젊은 한때는 마음이 끓으면 몸도 함께 맞춰 주더니, 이젠 그것도 지쳤나 보다.

생명을 지닌 존재들의 공통된 앨커트래즈는 다 자신의 몸이다. 허약하기 그지없어 불안하고 고통스럽고 서글픈 몸. 그런데 참 묘하다. 그 불완전한 몸이, 마음의 집인 몸이, 영혼을 교화한다. 잠시 생명으로 머물다 가는 여정에서 인도하는 쪽은 마음이라 생각했다. 마음이 몸을 이끌고 교화시킨다고 내내 생각해 왔는데, 오히려 몸이 마음을 교화시킨다. 두 차례 생사의 파고를 겪으며 뼈저리게 깨달았다. 몸을 주신 건, 마음을 가두는 감옥으로서가 아니라 철부지 같은 영혼을 다스리며 성장시키라는 뜻임을 알게 되었다. 아주 뒤늦게,

한평생 안고 사는 그 신열을 다스리기 위해 수필을 쓰고 시를 써 왔다. 얼마 전에 첫 시집을 출간했다. 같은 신열을 겪으며 사는 문우에게서 메시지가 왔다.

"가슴에 불덩이를 안고 퇴적층처럼 글을 쓰는 그대!"

자주꽃 피면 자주감자

지난해 7월, 시집 『겁 없이 찬란했던 날들』을 출간하면서 소윤이에게 한 편의 시를 헌정했다.

모든 아기는
모습을 드러내지 않는 신께서
대신 보내준 사랑의 징표다

한 발짝도 나아갈 수 없는 캄캄한 시간에도
두려움에 난파되지 않고 나아갈 수 있음은
저 뜨거운 생명이 등대 역할 하기 때문이다
그 맑은 미소는
우리의 고통을 침몰시키는 블랙홀이다

문득, 외로움이 큰 파도 되어

나를 잠식시키는 밤
심연으로 가라앉는 마음에 돛대 올리려고
아기를 보고 또 본다
내 사랑, 소윤이

　　　　　-「소윤이」전문

　2015년, 십 년 만에 두 번째 암이 찾아왔다. 청천벽력이었다. 너무 힘겨웠던 첫 번째 투병 기억이 되살아나 진단을 받자마자 거의 사색이 되고 말았다. 그때 태어난 소윤이, 아들 내외가 오래 기다리다가 만난 생명이었다. 모든 나쁜 기운을 변화시켜 좋은 기운으로 몰아가는 중심축에 아기가 있었다. 항암 주사를 맞으면서 아기 영상을 보았고 백혈구 수치가 떨어져 혼이 들락거릴 때도 아기 영상을 보았다. 하루하루 신비롭게 커가는 새 생명을 지켜보며 두려움과 고통을 이겨나갔다. 하늘이 어렵게 보내주신 그 어린 생명이 아니었다면 난 절망의 바다에서 헤어 나오지 못했을 것 같다.

　시집이 나오자마자 가장 먼저 소윤이에게 선물했다. 시집 속에 제주 해변에서 찍은 예쁜 제 사진과 함께 실려있는 시를 펼쳐놓고 읽고 또 읽었다 했다. 그러더니 지난 5월 어버이 주간에 원주집을 방문하면서 소윤이는 내게 노트 한 권을 보여줬다. 할머니에게 보여주고 싶어 틈틈이 시를 썼다고 했다. 내가 시집을 건네준 지 십 개월, 그동안 쓴 시가 십여 편이나 되었다. 노트 표지엔 야무진 글

1부(2020~)

씨로 〈이소윤 시집〉이라 적혀 있었다.

「**겨울 발자국**」

눈이 온 후에
내가 길을 가면
발자국도 따라오고
사각사각
재미있는 소리도 나서 좋네

「**따뜻한 내 마음**」

언제나 두근거리는 이 소리는
무슨 소리일까요?
바로 이 소리는
따뜻한 나의 가슴 소리죠
가슴이 콩닥거릴 때
좋다고 느껴보세요
언제나 두근거리는 내 심장은
따뜻하답니다

이제 만 여섯 살이다. 세상에 태어난 지 얼마나 되었다고 운율을
안다. 귀가 열려있다. 맑고 깨끗한 동심이기에 겨울날 눈길 밟는 소
리도 들리고 제 가슴 콩닥거리는 소리도 들리나 보다. 유치원에서
어느새 동시도 가르치나? 기특하고 신기했다.

시를 쓰는 할머니에게서 어떤 평가를 받게 될지 대단히 궁금했던 모양이다. 온몸으로 집중하다가 크게 칭찬을 받자 해맑은 표정으로 환하게 웃었다. 그렇게 자신감을 얻고 기분이 좋아진 소윤이는 백일장을 열자고 제안했다. 백일장 참가자는 엄마와 아빠, 심사위원은 자기와 할머니, 시를 써본 적 없는 아들과 며느리는 소윤이 시를 패러디해서 각자 한 편씩 제출했다. 두 편의 시가 다 소윤이 시만 못했다. 제 아빠는 뇌인지과학 전공 교수이고, 제 엄마는 대학병원 교수다. 둘 다 이과 전공이다.

해마다 하얀 감자 농사를 짓다가 올해 처음으로 자주감자를 심었다. 하얀 꽃 피던 밭에서 올해는 자주꽃이 수줍게 웃었다. 요즘 나는 구운 자주감자 맛에 푹 빠져 있다. 에어프라이어에 삼십 분만 넣으면, 한겨울 군고구마 맛에 버금가는 따끈한 군감자 맛을 바로 느낄 수 있다. 포슬포슬한 하얀 감자 맛도 좋아하지만, 살이 야물고 감자 향이 더 진한 자주감자 맛도 좋아한다.

엄마 아빠 모두 이과인데, 만 여섯 살 나이에 시집 엮어서 보여주는 걸 보니 소윤이도 제 할머니 닮아 자주꽃 피는 자주감자가 될지 모르겠다.

거리 두기 사랑

구정 전날, 어느새 의젓하게 자라 대학 3학년이 된 현민이가 동생 현송이와 함께 원주 집에 왔다. 방에 들어서자마자 가방에서 예쁘게 포장한 선물꾸러미를 꺼냈다. 뭐야? ROTC 훈련받으러 갔다가 군 마트에서 샀어요. 영양 크림이었다. 엄마 거는? 두 개 샀어요. 평소에 표현을 잘 안 하는 아이가 그 힘들었을 훈련소에서 선물 생각을 했다니 주책없이 뜨거운 눈물이 솟구쳤다.

현민이는 언제나 내 마음을 무장해제 시키는 존재다. 오십에 할머니란 명칭을 달게 해준 첫 손자. 딸아이가 대학 졸업하면서 곧바로 결혼하는 바람에 나는 숨 가쁘게 장모가 되고 할머니가 되었다. 출산휴가를 끝내고 산모는 직장 복귀해야 했기에 갓난아기는 친정인 우리가 맡아 돌보게 되었다. 딸은 퉁퉁 불어난 젖을 짜서 냉동 보관했다가 퇴근길에 전해주려고 직장인 안양에서 우리 사는 잠실로, 다시 시할머니가 계신 영등포 자기 아파트로 가야 하는 고달픈 산모였다. 잠실 우리 집에도 시부모님이 올라와 계셔서 4대가 함께 살고 있었다.

낮 동안 아기는 그해 퇴직해 집에 머물고 있던 남편 차지가 되었다. 난 강의와 편집일로 매일 출퇴근하던 때여서 스물네 시간 숨돌릴 겨를이 없었다. 바깥일과 살림 육아를 병행하며, 밤에도 몇 차례 깨어 기저귀를 갈아주고 분유를 먹였다.

그렇게 한두 달 지났을까, 변변치 못했던 몸에 이상이 오면서 내 생활에 제동이 걸렸다. 특강을 하고 조금 일찍 퇴근했는데, 주차장에 차를 세우고 내리려는 순간 꼼짝할 수가 없었다. 통증이 번개처럼 허리를 강타한 것이다. 급성 디스크였다. 응급으로 입원하여 일주일 정도 지나니 화장실은 혼자 다녀올 수 있게 되었다. 주치의는 입원 상태로 물리치료 등을 더 받아야 한다며 절대 안정을 강조했지만 한가롭게 병원 침대에 누워있을 수가 없어서 퇴원했다. 밤에 잠이라도 자야 견딘다면서 남편이 내게 독방을 배정했다. 그 바람에 아기의 밤 당번도 그가 다 떠맡게 되었다.

그런 상황이 되니 딸이 아기를 데려갔다. 마침 직장에서 운영하는 어린이집이 한 건물에 있으니 염려 말라고 했다. 그러나 일주일도 되지 않아 고열과 함께 현민이는 다시 우리에게로 돌아왔다. 체온이 39도를 넘나들었다. 종합병원에서 여러 가지 검진을 했으나 고열의 원인이 발견되지 않으니 일시적 분리 불안장애로 보았다.

아직 사람도 다 식별하지 못할 만큼 어린 아기인데 예민하게 다 느끼는가 보았다. 펄펄 끓고 있는 현민이를 안고 있으면 자꾸 눈물이 흘렀다. 잠실 집에 돌아온 걸 아는지 고열은 빠르게 잡혔다. 그 후로 딸은 어린이집에 맡기겠다는 말을 한동안 내비치지 않았다.

2000년, 새로운 밀레니엄은 내 생애에서 가장 힘겨웠던 시절의 서막이었다. 4대가 살면서 집과 직장을 오가며 허덕허덕 오십 대가 흘러갔다. 그런 와중에 세 분을 떠나보냈다. 친정어머니, 딸의 시할머니, 나의 시아버지가 몇 년 사이에 차례로 가셨다. 모두 87세를 넘겨 사셨지만, 마지막 병고를 치르실 때 사는 게 힘에 부쳐 최선을 다해 돌봐드리지 못했음이 늘 마음에 체기로 얹혀있다.

현민이가 다섯 살이 되던 해, 직장과 집을 옮겨 산본 아파트 단지에서 살던 딸이 둘째 현송이를 낳았다. 우리도 봉천동으로 이사하였고 현민이는 여전히 우리 집 보물단지였다. 딸은 현송이를 어린이집에 맡겨야겠는데, 형이 곁에 있는 게 좋겠다면서 산본으로 데려가기를 원했다. 그리고 여러 가지 교육도 시작해야 할 시기이니 이제부터 부모가 키워야겠다는 결심이 굳건했다. 당연히 올 일이 온 것인데, 정이 듬뿍 들어서 그 말을 못 들은 척하고 있었다. 날 잡아 사위가 현민이를 데리러 왔다. 그 전에 딸에게서 전화를 먼저 받은 바였다. 이번에도 보내지 않으면 엄마가 평생 키우셔야 한다고 단호하게 못을 박았다.

정든 할머니 할아버지랑 떨어지기 싫은 건 현민이도 마찬가지였다. 방바닥에 대자로 누워 "할머니, 할머니, 나 안 가! 나 안 가요!" 울부짖으며 간절한 눈길을 보냈지만, 할머니인 난 우두커니 서서 어쩌지도 못했다. 제 아빠 품에서 버둥거리며 아파트를 떠나간 현민이의 울음이 집안에도 엘리베이터 안에도 긴 여운으로 남아 메아리쳤다. 아이가 적응할 동안 전화도 왕래도 안 된다는 딸아이의 금족령을 지키느라고 울보로 찔끔거리며 지냈다.

마침내 한 달이 훨씬 지난 후였나, 하룻밤 데려가도 좋다는 연락이 왔다. 남편이 바람처럼 달려가 현민이를 데리고 내 강의 장소로 왔다. 내 퇴근 시간까지 기다릴 수가 없었던 거다. 강의를 마치고 차에서 기다리는 현민이를 품에 안으니 꽉 막혔던 숨이 쉬어졌다. "아, 현민이! 우리 현민이!" 하는데도 현민이는 말을 잊은 듯 조용히 바라보기만 했다. 그동안 많이 적응했나? 다행이지, 속으로 생각하며 품에 꼭 안고 집으로 향하는데, 갑자기 손등이 축축했다. 놀라서 아이를 보니 내 품에 얼굴을 기댄 현민이의 눈에서 눈물방울들이 쉴 새 없이 내 손등으로 뚝, 뚝, 떨어졌다. 어른도 감당하기 힘든 헤어짐의 시간을 견디느라고 저 작은 가슴속이 얼마나 볶이었을까. 다섯 살 나이에 거리 두기 사랑을 배우느라고.

그로부터 2년 후, 사위가 모스크바로 발령받아 6년간 한국을 떠나 살았다. 딸은 아이들을 데리고 해마다 잠깐씩이라도 한국방문을 했지만, 아이들이 모스크바 미추린스키에서 사는 내내 그리움이 갈증으로 쌓여갔다.

딸과 사위는 귀국 발령 전, 우리 내외를 초대하여 모스크바의 여름을 아이들과 함께 보냈다. 모스크바의 백야, 샤슐릭 파티, 모스크바강의 유람선, 모스크바대학 방문 등 많은 경험을 했다. 크렘린궁전은 물론이고 모스크바의 유네스코 명소는 거의 다녀왔다. 그중 톨스토이의 영지, 야스나야 폴랴나에선 특히 많은 영감을 받았다. 모스크바에 한 달 머무는 동안 독일과 오스트리아 여행도 다녀왔다. 아이들은 자기 가족이 이미 다녀온 여행지 중 베스트 여행지를 선정하여 우리를 안내했다. 뮌헨과 백조의 성으로 유명한 퓌센, 오스트리아의 잘츠부르크, 잘츠카머구트, 장크트 볼프강 호수, 할슈타트 소금광산 등 꿈도 꿔보지 못한 아름다운 여행지로 안내하며 딸과 사위는 평생 잊지 못할 선물을 우리 내외에게 안겼다.

독일과 오스트리아에서 돌아와 이제 약속된 한 달이 지나 우리가 한국으로 돌아와야 할 시간이 다가왔다. 비행기를 타기 전날, 멀쩡했던 현민이가 갑자기 고열이 나면서 몹시 앓았다. 헤어짐을 앞두고 갓난아기 때처럼 스트레스를 받은 듯 생각되어 마음이 아팠다.

이제 현민이는 뜬금없이 화장품 선물을 내밀만큼 속 깊은 청년으로 자랐다. 저만큼 자라기까지 저나 내나 내색하지 않는 사랑, 거리 두기 사랑을 견지하려고 애써온 세월이 뜨겁게 밀려들었다. 아무렇지 않은 듯 말없이 지켜보며 기도만 할 뿐이다. 가슴 깊은 중심엔 현민이가 자리한 우물이 있다. 물이 마르지 않는 샘.

이 나이가 되어도 난 아직 힘들다. 거리 두기 사랑은.

시골살이

동부이촌동을 시작으로 반포, 잠실, 봉천동, 서울살이만 사십 년이다. 그것도 벌집 같은 아파트 공간에서만. 탈서울은 삶 자체를 동작 그만! 시킬 것 같아 꿈조차 꾸지 않았던 일이다. 그동안 난 부지런히 벌집을 드나드는 일벌이었다. 벌은 꿀을 모으러 밖으로 드나들지만, 나에게 꿀은 사람 사이의 정情이다. 모든 관계망에서 정이 쌓여갔다. 켜켜이 애착의 방도 늘어났다. 어느 순간부터 벌집이 무겁게 느껴지기 시작하여 이대로 간다면 허공이 위태로워질 수도 있겠다고 생각되었다.

이제라도 벗어나야 함을 본능처럼 알아챘다. 영역을 옮기는 일이 쉽지 않겠지만 생명 유지를 위해선 연습이라도 해야 했다. 귓등으로만 흘렸었는데, 오래전부터 시골살이를 노래 부르던 남편의 말을 진지하게 검토해 보기로 했다.

탈서울이 가져올 아쉬움은 한둘이 아니었다. 우선 강의를 놓아야 하고, 모임도 만남도 다 여의치 않아지리라. 또 안데스 인디언들의 라이브 공연도 포기해야 한다. 안데스 골짜기의 바람을 닮은 악기, 삼포냐와 케냐의 울림을 좋아한다. 솔직히 그들이 읊조리는 케추아 노랫말은 하나도 알아듣지 못한다. 그러나 그들 특유의 한 서린 음색은 묘하게도 내 우울감과 통증을 달래주었다. 안데스 폴크롤레를 내 벌집에서 온종일 틀어놓고 들었다. 투병하고 있다는 사실을 잠시 잊을 수 있고 기분이 밝아지곤 했으니까.

땅을 보러 다니기 시작했다. 일주일에 두세 번씩 시골살이에 대한 막연한 기대감으로 나서곤 했다. 처음엔 지인이 사는 청평 수목원, 양평 전원주택단지 주변을 둘러보다가 우리 예산에 맞는 땅을 찾아 경기도권과 충청도권을 두루 다녀보았다. 그렇게 나들이한 날은 시골살이에 대한 두려움으로 자신감이 뚝 떨어져 잠자리가 편치 않았다. 도시와 다르게 시골은 해가 지면 어둠의 속도가 무섭도록 빨라 금세 칠흑의 장막을 드리운다.

예산이 넉넉하지 않아서였겠지만 부동산에선 외진 땅이나 집을 주로 보여줬다. 적막한 저수지를 끼고 산길로 한참 가야 나타나는 터, 드문드문 무덤이 보였다. 거기 사는 망자도 심심했을 외진 산속. 모처럼 지나는 객이 반가워 대낮이지만 혼령이 따라올 것 같아 자꾸 앞뒤를 두리번거리게 되는 그런 산길 속으로 안내했다.

풍치 좋고 집도 근사하지만 조금만 살피면 어디가 왜 불편한지 한눈에 보이는 산 중턱 외딴집도 여러 채 소개받았다. 십중팔구 남자 홀로 버티다가 다시 내놓은 물건이었다. 자연 바라기 남자들이 은퇴 후의 전원생활을 꿈꾸며 마련한 터, 그러나 해만 지면 마당에도 내려설 수 없을 만큼 캄캄절벽이 되니 도시 불빛을 먹고 산 그 아내들이 마다할 수밖에 없었을 것이다. 다 늙어 적막강산에서 새삼스레 할 놀이가 뭐 있다고. 그 심중을 모르지는 않는다. 나도 그러하니까.

그렇게 반년 가까이 헛걸음을 하면서 깨달은 것은, 내가 아직 자연보다 사람들 곁을 더 좋아하고 있음이다. 때론 부담스럽고 번다한 애증을 낳아도 아직 사람과의 관계망 속에 있고 싶은 거였다. 다 벗어남이 아니라 거리 두기가 필요한 것이었다.   그리고 빛 바라기였다. 암 투병하면서 암흑에 대한 두려움이 깊숙이 각인되어 불면증이 심했다. 나의 뇌는 어둠과 죽음을 같은 코드로 인식하여 어떤 경우든 불빛이 있어야만 했다. 그래서 잠드는 일은 매번 어둠과 겨루기였다. 전등 하나는 켜 놓아야 그나마 안심이 되었다. 언젠가는 맞닥뜨리겠지만, 아직 어둠의 공부가 되어 있지 않으니 너무 캄캄한 시골은 아니어야 했다.

강원도 원주로 첫나들이 했을 때도 부동산에선 역시 외진 땅을 소개했다. 몇 군데 더 그런 곳만 보여주려기에, "제가 기운에 밀리는 산신령 땅 말고요, 차라리 폐교가 있는, 사람의 발길로 오래 다져진 마을이 좋겠어요." 그렇게 주문하여 소개받은 곳이, 지금 내가 사는 집이다.

1부(2020~)

2010년 가을, 이 집을 운명처럼 만났다. 내 주문대로 마을 초입에 폐교가 있는 이름마저도 편안한 동네 대안리大安里. 첫 느낌이 조용하고 평화로웠다. 삼백여 평의 반듯한 대지에 붉은 벽돌 단층집과 텃밭, 황토방, 창고를 갖춘 아담한 집이었다. 현관 초입 화단에서 한련화가 반겨 고향 집에라도 온 듯했다.

집은 주인을 닮는다고 했던가. 커피를 대접하는 주인 내외의 인상이 좋아 망설이지 않고 구매를 결정했다. 왠지 모르지만, 여기서라면 한밤중이 되어도 마당에 내려설 수 있을 것 같았다. 골목을 비추는 가로등 때문만은 아닐 것이다. 이웃집들과도 그 앉음새가 서로 사생활을 침해하지 않도록 지어져 있었다. 일부러 차 한 잔 나누자고 청하지 않으면 몇 날 며칠이건 얼굴 마주칠 일도 드물 것 같으니, 이웃 사이에도 자연스럽게 거리 두기가 되어 있는 집. 구매는 단숨에 이뤄졌다.

아쉬움이 전혀 없는 게 아니었다. 회의장으로 써도 될 만큼 너른 거실은 퍽 마음에 들지만, 방이 두 개밖에 없었다. 햇살 잘 드는 방은 시어머니 거처, 남은 방은 침실, 서재는 2층을 올려 쓸 예정이었다. 구매 때부터 증축을 염두에 두었으나 건축 전문가를 부르니 경사 슬라브로 지어진 집이라서 2층 증축은 불가하다고 했다. 할 수 없이 마당 안쪽 텃밭 자리에 별채를 지었다.

나 혼자 쓰기에 넘치도록 큰 서재가 마련되었다. 뜻하지 않은 선물이다. 서울에서 내려올 때 애착을 떼어내듯 책을 추려냈건만 지금도 서재 두 개의 벽면이 다 책장이다. 생전에 저 활자들을 과연 얼마나 읽어낼 수 있을까? 이 공간의 주인인 양 나를 압도하는 저 책들은 마치 시나브로 쌓이는 애착과 굴레의 또 다른 모습 같기도 하다. 사는 동안은 완벽한 벗어남이란 없다. 얼마만큼 끌어안고 살아야 한다. 그래도 서울에서 살 때와는 비교도 할 수 없을 만큼 가벼워졌고 평화로워졌다.

온종일 틀어놓고 듣던 안데스 폴크롤레 대신 여기선 다른 음악을 듣는다. 봄밤엔 무논에서 밤새 개구리 합창이 들려왔는데, 5, 6월은 내내 뻐꾸기 노래를 듣고 있다. 뻐꾹, 뻐꾹, 사방이 그들 놀이터다. 앞산에서 부르면 뒷산에서 응답하는 그들의 두 음절 노래 사이사이로 검은등뻐꾸기가 네 음절로 화음을 보태며 끼어든다.

홀딱벗고, 홀딱벗고,

그러면 나도 네 음절로 '어쩌라고~' 응답하며 실소한다. 이제 저들의 짝짓기가 끝나고 나면 마당 벚나무 보리수나무에서 매미가 목청 높여 여름을 달굴 것이다.

따로 청하지 않아도 내 뜨락은 4계절, 생명의 소리로 이어진다. 덕분에 안데스 바람 소리를 따로 불러오지 않아도 된다. 짙게 드리웠던 가슴의 먹구름이 많이 걷히었다. 그토록 밀어내던 어둠에도 아늑함이 있음을 어렴풋이 느끼는 요즈음이다. 시골살이 십 년에.

서툴러야 인생이다

후회 없는 삶이 있을까?

지난 시간을 돌아보면, 심연에서 간혹 넌출이 들춰지기도 한다. 맺혀있음이다. 좋았던 일은 꽃이 되거나 열매가 되어서 진즉 날아갔는데, 나빴던 일은 응어리진 채 남아 있기도 한다. 꽃이 되어 어둠에서 날아갈 날을 저도 기다리겠지? 가볍게 훨훨~.

참 미숙한 10대와 20대를 보냈다. 당차고 똑똑한 척했지만, 사실 모르는 게 천지였다. 세상 분간 안 되어 어리둥절하다가 결혼도 하고 아이도 낳았지만, 서툰 아내, 서툰 엄마였다. 30대 초엔 끄적끄적 수필을 써서 겁도 없이 문단에 들어섰다. 40을 불혹이라 한 건 옛말이다. 20대보다 미혹이 많은 시절이 40대이기도 하다. 체력이나 현실 여건은 받쳐주지 않는데 문학을 향한 열정과 의욕만은 타올라 허우적댔다.

50대는 짊어진 삶의 무게가 가장 무거웠던 때였다. 시부모님이

상경하여 4대가 살면서 생활 중심에 내가 서 있었다. 책임은 막중한데 모든 역할이 힘에 부쳤다. 남편의 이른 퇴직으로 경제적 압박감과 함께 심적 부담감도 만만치 않았다. 아무 일도 만족스럽게 잘 해내지 못했다. 바깥일도 집안일도 고르게 다 최선이 안되었다. 친정어머니와 시아버지도 내 50대에 세상을 뜨셨다. 심신이 늘 지쳐 있어서 그분들 마지막에도 성심껏 돌봐드리지 못했다.

결국, 58세 되던 해 암이 내게 찾아왔다. 너무 당연한 결과였는지 모른다. 그렇게 암 환자인 채 60대로 넘어왔고, 68세 되던 해엔 두 번째 암을 맞았으니 나에게 60대 이후는 보너스인 삶이다.

나의 후회는 거의 50대에서 맴돈다. 생의 길목마다 나름 온 힘을 다했지만, 아쉬움이 일지 않는 길목은 없다. 내 인생의 지뢰밭인 50대를 건너오는 동안 만신창이가 되었다. 암을 앓는 게 최고의 고통인 줄 알았는데, 암이 아니어도 인간을 고통스럽게 하는 일은 또 얼마든지 있었다. 좋은 기운과 나쁜 기운은 서로 몰려다니는지 한꺼번에 들어왔다가 한꺼번에 나갔다.

상처받은 기억을 하나씩 지우며 산다. 가장 고통스러웠던 기억의 정점엔 아무래도 투병의 시간이 버티고 있다. 그 고통의 극지 같은 시간마저 지우며 살다 보면 부차적으로 따라왔던 다른 아픔은 저절로 희미해져 간다. 보너스 삶이라 여기며 마음 비워가노라니 생사의 문제 아닌 모든 건 다 '괜찮아' '까짓것' 하게도 된다.

1부 (2020~)

그런데 문득, 누군가는 이제껏 '괜찮아'하지 못하는 건 아닌가? 생각 스치기도 한다. 상처는 꼭 일방적이지만은 않기 때문이다. 일방적인 가해와 피해가 물론 있겠지만, 불완전한 존재로 살아가면서 의도치 않게 불협화음이 되고 삐끗거림이 되므로.

미안해! 용서해!

이 말이 왜 그렇게 힘들었을까. 그야말로 생사의 문제도 아닌 일들로. 그때 바로 나라도 먼저 입 밖으로 토해냈으면 가벼워졌을 텐데, 적절하게 말할 타이밍을 놓쳐버리고 나니 더욱 굳어져서 목 안으로만 삼키곤 했다.

이제 뒤늦게 용기를 내려고 해도 다시 돌이킬 수 없는 경우가 허다하다. 이미 시간을 닫고 가신 부모님에겐 이래저래 늦어버렸다. 다음 달이면 친정어머니 21주기가 돌아온다. 잠재우고 있던 후회가 영정 앞에서 향불처럼 피어오르는 날이다.

완전히 삭이지 못한 아픔들은 모른 척하며 산 지 오래다. 기운이 부치기 때문이다. 가슴 아파하는 일도 기운이 필요하다. 젊고 혈기 왕성할 땐 고통을 되씹으면서 나를 힘들게 하는 문제와 정면승부하려 밤을 새웠다. 삭여 없애려고, 분해하여 내보내려고, 갖은 애를 써보곤 했다. 부정의 기운은 담고 있는 게 한시라도 싫어서 당면하면 바로 승부를 보아야 했다. 그러나 이젠 못 한다. 아픔의 되새김질이 버겁기만 한 나이에 들었다.

흐르는 대로 가거라, 뭉쳤다 흩어지는 구름이듯
처음 살아보는 생이니, 서툴러야 인생이다

덤으로 받은 시간이라 훨훨 날아갈 만큼 가벼워지고 싶다. 후회
하는 마음조차 무거워 나를 위해 변호한다. 신이 아니라서 온전하
지 못한 우리 모두를 위해.
'처음 받은 생, 서툴러야 인생 아닌가요?'

세 가지 공부

우리가 태어나는 것은, 지구란 학교에서 공부하려 함이라지.

돈 공부, 정情 공부, 생명 공부.

이 세 가지 공부가 삶의 무늬를 만든다. 주어진 시간 속에서 어느만큼, 어떻게 감당하는지가 각자의 생이 된다. 태어나는 순간부터 숨 다하는 날까지 그 범주에서 벗어나긴 어렵다. 특히 세 가지 중 어린 시절에 겪게 된 공부는 평생을 좌우하며 운명을 지배한다.

가장 먼저 시작된 생명 공부.

내 기억엔 없고 모두 전해 들은 내용이다. 칠십 년 전, 전란을 피해 작은 쪽배에 실려 고향 원산을 떠나올 때 세 살이었던 나는 무서워서 배를 안 타겠다며 울었다. 어머니는 배웅 나왔던 금례 언니 등에 나를 업혀주면서 외할아버지 계신 원산 집으로 데려가라 하셨다. 그러나 아버지가 잠시도 딸아이와 헤어지지 않겠다며 나를 빼앗아 안고 노를 저으셨다. 원산 앞바다에서 60리 떨어진 '모도'라는 섬에 가족을 내려놓고, 아버지는 곧 월남할 큰 배를 구해오겠다면서 방향을 돌려 원산으로 가셨다. 그리고 다신 돌아오지 못하셨다.

1950년 12월 8일, 그날로부터 6개월 후인 1951년 5월 초, 미 함정 LST를 타고 거제도 피란민 수용소에 실려 오기까지 '모도'에서의 목숨은 누구도 산목숨이 아니었다. 밤낮으로 전세가 뒤바뀌면서 인민군과 국군이 번갈아 섬을 들락거려 불안이 극에 달했다. 그런 불안감보다 더 절박한 건 식량문제였다. 다급하게 피신하며 며칠 분의 식량을 챙겨 나왔지만, 금방 동나버렸다.

아버지는 감감무소식, 만삭의 어머니와 어린 4남매는 추위와 배고픔에 사람 꼴이 아니었다. 모두 얼굴이 누렇게 떴다. 아기였던 나는 밤마다 습관적으로 배가 아팠다. 방 안 겹겹이 누운 사람을 삐치고 어린 딸을 밖으로 데려 나온 어머니는 칼바람에 넋을 놓곤 하셨다.

어느 날은 막내인 내가 목이 아프다면서 숨을 못 쉬어 처음엔 조개껍데기가 걸렸나 생각했지만 39도 고열이 나는 걸 보고 기관지 폐렴인 줄 아셨다. 숨도 못 쉬고 신음하는 아이를 내려다보며 어머니는 잠시 고민하셨다. 어차피 다 굶어 죽을 판인데 일찍 가는 게 오히려 이 아이한테 나을지도 모른다. 그래도 불쌍한 생명이니 주사라도 한 대 놔 줘야겠다고 생각하셨다.

마침 원산을 떠나면서 상비 약품을 챙겨왔기에 냄비에 물을 끓여 주사기를 소독하고 증류수를 만들어 페니실린 가루를 타서 페니실린 주사를 놓았다. 그 당시엔 의사나 의료시설이 없어 부모님은 페니실린 등의 약품을 남한에서 구해와 어디를 가든 상비약 가방을 들고 다니던 습관이 있으셨다. 피란 나오는 날에도 가족사진과 그 약 가방을 챙기셨다. 저녁 무렵이 되니 열이 내리면서 죽어가던 아이가 살아났다.

딸자식을 살려내는 상황을 낱낱이 지켜봤던 섬사람들에게 그때부터 어머니는 의사 선생님이었다. 아무리 아니라고 해도 아프면 페니실린을 놔달라고 통사정했다. 그리고 고마움에 쌀이나 수수 조 콩을 되는대로 주어 그걸로 겨우 우리 식구가 연명하였다. 나중엔 섬에 들른 국군 부상병까지 치료해 주었다.

아버지가 나를 빼앗아 안고 노를 젓지 않으셨다면, 그리고 '모도'에서 어머니가 증류수를 끓여 페니실린 주사를 놓아주지 않으셨다면 내 목숨은 이미 끝났다. 부모님은 온 국토가 전쟁터였던 살벌한 현장에서 어떻게 자식을 구해내야 하는지, 실전으로 생명 공부를 하셨다.

아버지의 불같이 뜨거운 사랑과 어머니의 깊은 연민이 어린 아기였던 나에게 DNA로 입력되었던가 보았다. 나도 모르게 알아버린 걸 보면.

생명은 뜨거움이며 연민임을!

돈에 관한 공부도 일찍 시작되었다.

아버지의 부재로 말미암은 애초부터 예정된 프로그램이었다. 가난을 견디는 게 체질이 되었다. 어머니가 이화 전문을 졸업한 고급 인력이어서 다행히 직장을 얻긴 하셨지만, 당시 봉급은 팍팍한 수준이었고 딸 넷의 학비도 버거워 늘 월사금이 밀렸다. 입학금 등 큰돈은 분납으로 냈다.

학비보다 더 난관이었던 건 집세였다. 집주인이 전세금을 올리면 갑자기 목돈 마련이 어려워 더 싼 집으로 이사했다. 닭장을 개조한 헛간 비슷한 집에서도 살아봤다. 어디선가 쿰쿰하게 닭똥 냄새가 나는 듯했다. 흐린 날은 더 심했다. 다가구 판잣집에서도 살아봤다. 벽 하나 사이로 무속인이 살아서 밤낮으로 이상한 소리가 들려왔다. 방음이란 개념조차 없던 시절이었다. 듣지 않으려 하면 더 들렸다. 당장이라도 그 방을 벗어나고 싶었지만, 2년인가를 꼬박 더 살았다.

맨몸으로 월남한 피란민들에겐 희망의 불빛이 전혀 보이지 않았다. 전쟁 후라 모두 어려움을 겪으며 살던 때이기도 했으니까. 그냥 묵묵히 견딜 뿐이었다. 가난은 부끄러움도 아니고 특별한 게 아니었다. 최고의 미덕은 검약이었다. 밥 한 톨도 수챗구멍에 흘려서는 안 되었다. 그건 죄악이었다. 그 습관이 지금도 작용한다. 음식점에서 테이블마다 남겨진 반찬을 보면 마음이 편안하지 않다.

공책 한 권이 귀했다. 학년 올라갈 때마다 한 학년 선배에게서 헌

교과서를 물려받았다. 공짜가 아니고 중고값을 주었다. 졸업하는 선배로부터 입던 교복도 물려받았다. 그 역시 중고값으로. 양장점에 맡기면 '우라까이'(옷감을 뒤집어 재단함)를 해 주었다. 중고등학교 내내 빳빳한 새 교과서를 펼쳐보지 못했다. 번들거림 없고 탈색 안 된 교복도 입어보지 못했다. 사춘기가 그렇게 흘러갔다.

돈에 관한 공부는 그렇게 제 분수를 아는 것으로 다져졌다. 어렸어도 가난이 싫다고 징징거리지 않았다. 그렇다고 가난을 벗어나려고 억척을 부리거나 바둥거리지도 않았다. 그냥 궁핍을 내색하지 않으며 묵묵히 감내했다. 현실에 순응하는 소극적 기질로 이제껏 살아왔고 지금도 그러고 산다.

이젠, 집세 걱정에 이리저리 옮기지 않아도 된다. 서울 아파트가 헐값이던 십 년 전에 그걸 처분하고 원주 시골에다가 아담한 전원주택을 마련했다. 시끄러운 부동산 정책 뉴스는 보지도 않고 산다. 마음의 평정심을 흔드는 건 뭐든지 멀리한다.

시골에서 살아가니 마트 갈 일이 별로 없다. 텃밭이 요술 방망이다. 특히 요즘은 직접 키운 푸성귀로 한 상 차려놓고 황제 밥상이라며 행복해한다. 매일의 끼니를 걱정하지 않고, 이사 걱정하지 않고 살아가니 축복받은 노년의 삶이다.

다음은 정精 공부.

아버지를 세 살 때 잃었으니 그 사랑을 모른다. 어렴풋하게 떠 오르는 기억도 전혀 없다. 자식 사랑이 뜨거운 분이었다는 것은 어머니로부터 전해 들었을 뿐이다. 아버지의 품이 얼마나 든든하고 아늑한지 경험이 없으니 마음에 잘 그려지지도 않는다. 음식도 먹어본 사람이라야 그 맛을 그릴 줄 알듯이, 사랑도 마찬가지인 것 같다. 그냥 늘 혼자였다.

어머니는 한가롭게 딸을 어루만져 줄 여유가 없었다. 서른여섯에 남편을 잃고 홀로 빈 주먹으로 일어나야 했으니 어머니도 정신적으로 기댈 무언가가 필요했다. 자랄 때부터 기독교인이었는데 그 신앙심이 더 깊어지셨다. 흙벽돌로 오두막을 지어 개척교회를 세우고 목회자를 도와 학생들과 청년들에게 말씀을 전하면서 물심양면으로 헌신 봉사의 삶도 사셨다. 교회가 자립할 수 있을 때까지 십여 년을. 자식들 학비도 어려운 판에 그들 중 누군가의 안타까운 사정을 들으면 월급을 쪼개어 보태주시기도 했다. 내 성장기의 어머니는 그렇게 만인에게 품을 내어주는 분이어서, 오롯하게 그 품을 차지해 본 기억이 없다.

늘 정에 목마름이 있었다. 푸근하고 든든하게 안길 수 있는 품에 대한 그리움. 그런데 사람은 참 묘하다. 갈망이 깊을수록 그 마음을 꼭꼭 숨긴다. 행여나 나를 채워주지 못하는 그 허망한 것에 흔들릴까 봐 스스로 얼음이 되거나, 자신에게 갑옷을 입혀 더 단단히 무장한다. 내 어린 시절의 사진을 보면 하나같이 웃음기 없는 무표정이다.

어쩌다 누군가로부터 정이 담긴 손길이나 눈빛을 받으면 그 끈끈함이 어색하여 거부감에 못 견디었다. 초등학교에 입학하던 날이 기억난다. 둘째 언니가 전교 회장이었다. 입학식 날 언니 동급생들이 몰려와 나를 에워쌌다. "아무개 동생이야." "아기 같다." "너무 귀엽다." 하면서 볼을 만지고 머리를 쓰다듬기까지 했다. 신입생 중에서도 가장 앞줄에 서는 꼬맹이었으니까 상급생들 눈엔 아기처럼 보였을 수 있다. 그날 저녁 식사 자리에서 "난, 학교 안 갈래요." 울고불고 난리를 쳤다.

중학교 입학했을 때도 심부름으로 교무실에 들어가면, 선생님들이 "아니, 어느 반 아기지? 젖 더 먹고 와야겠네." 하면서 나를 번쩍 안아 올리기도 했다. 그래도 좀 컸다고 집에 와서 학교 안 다니겠다며 울고불고하지는 않았다.

학교 공부보다 더 어려운 게 사람을 받아들이는 공부였다. 사람에게 잘 다가서지도 못했지만, 누군가 다가와도 쉽게 마음을 열지 못했다. 그걸 극복하는 게 내 성장기의 과제였다. 정 공부는 더디었지만, 다행히 늦지 않게 결혼도 하고 아이도 낳았다. 가정을 이루고 어린 날 갈망하던 품을 스스로 만들어가고 있지만, 아직 정 공부는 서툴다. Case By Case! 매번 새로 배운다.

빛바래어 가는 기억

　제사상을 준비하는 큰언니를 보고 있으면, 마치 생존해 계신 아버지와 상봉하는 날인가 착각이 들곤 한다. 생전에 좋아하셨다는 음식들을 하나도 빼놓지 않고 한 상 가득 차려 내놓는다.

　한국전쟁이 치열했던 1950년 겨울, 중공군의 전쟁 개입으로 우리가 살던 원산에서 국군이 밀리기 시작하자 초조해진 부모님은 공산 치하에서 더는 살 수 없어 월남을 결심했다고 한다. 그러나 우선 아수라장 전쟁터에서 피신부터 해야 했다. 아버지는 작은 쪽배를 빌려 원산 앞바다에 있는 '모도'라는 섬에 가족을 내려놓으셨다. 그때 어머니는 만삭이었고 우리 4남매는 모두 어린 나이였다. 육로로는 도저히 피란을 떠날 수 없으니 큰 배를 구해온다면서 타고 온 배를 돌려 다시 포탄 터지는 원산으로 향했다고 했다.

　그날이 12월 8일이었다. 그리고 다시는 아버지를 볼 수 없게 되었으니, 우리는 그날을 기일로 정하고 추모예배를 올린다. 아버지 영혼이라도 그날을 잊지 못하신다면 몸은 비록 돌아오지 못했지만, 혼이라도 찾아와 주시리라 생각하면서.

가족이 다 모이는 그날엔 아버지를 추억한다. 함께 산 세월이 길지 않아서 추억 밑천이 얄팍하다. 지난해 들은 내용을 또 듣게 되어도 그날만은 아버지 얘기가 빠지면 허전하다.

그중에서도 단골 메뉴는 원산에서 모도로 향하던 12월 8일의 얘기다. 사람이 올라탈 때마다 기우뚱거리는 작은 쪽배에 올라 부두를 떠나려니 아기였던 내가 무서워서 울음을 터뜨렸다고 했다. 어머니는 임시로 피신하는 것이니 배웅나왔던 금례 언니(살림 도와주던 언니)에게 업혀주며 집으로 도로 데려가라고 했단다. 원산 집엔 연로하신 외할아버지와 큰이모님이 집을 지키겠다며 남아 계셨기에 어린것까지 고생시킬 게 뭐 있냐고 생각하셨던 거다. 그런데 아버지가 "잠시라도 떨어질 수 없소." 하며 빼앗아 안고 우는 나를 달래면서 노를 저으셨다고 했다. 아버지의 결단으로 지금의 내가 있게 되었다. 기억엔 없지만 뜨거운 사랑을 받은 딸임이 틀림없다.

잠시 피신하면서도 아버지는 늘 들고 다니는 가죽가방에 옷가지나 식량 대신 페니실린을 비롯한 상비약과 가족사진 한 묶음을 챙겨 넣으셨다고 했다. 마치 실종을 예감이라도 했듯이. 그때 가져나온 사진이 아니었다면 나와 유복녀로 태어난 동생은 아버지나 외할아버지 모습은 상상도 못 했으리라. 추모식 때마다 뵙는 영정사

진엔 언제나 서른 살 청춘의 아버지가 계신다.

어느 날 작은 형부가 새로운 발견을 해냈다. 아버님과 가장 많이 닮은 딸이 셋째인 혜영이모라고, 특히 눈매가 닮았다고 했다. 오똑한 콧날과 갸름한 얼굴형은 닮지 않았지만, 눈매는 내가 봐도 어딘지 비슷하다.

아버지의 성격을 꼭 닮은 딸은 큰언니다. 정이 많아 형제간이나 지인들에게 언제나 베풀기 좋아하고 통 크고 책임감 강하고 감정 표현이 직설적이고 성급한 면까지 아버지 그대로다.

그 옛날, 출장을 다녀올 때면 생선을 몇 궤짝씩 가져와 이웃들과 나눠 먹으라고 했다는 아버지. 손질도 수월치 않고 분배하는 일도 신경 쓰이니 조금씩만 사 오라고 당부해도 들은 척도 않았다는 아버지.

언젠가는 집안이 몹시 분주하던 날, 지나는 걸인이 밥을 청하여 어머니가 차반에 차려 내놓았다고 했다. 그걸 보고 아버지는 다시 밥상에 차려내라면서 "그러고도 당신이 고등교육 받은 사람 맞아요?" 불같이 노해서 며칠간 말을 하지 않았다고 했다.

의협심이 강하고 불의를 참지 못하고 소신을 굽히지 않는 아버지의 기질은 딱 둘째 언니다. 항상 약자 편을 드는 분이라서 길을 가다가도 싸움 현장을 모른 척 지나치지 않았다고 했다. 약자가 강자에게 당하는 상황이면, 약자 편을 들다가 때론 싸움의 주체가 되어 대신 상처를 입기도 했단다. 그런 아버지가 늘 조마조마했다고 어머니는 회고한다. 옳고 그름에 대한 소신 밝히기를 주저하지 않아 늘 당국으로부터 주목 대상이었고, 재산 탈취와 직장에서의 제약도 많이 받았다. 전란이 아니었어도 공산 치하에선 오래 견뎌내지 못하셨을 것 같다.

둘째 언니는 아버지를 닮은 기질로 우리 집의 잔 다르크였다. 어렸을 때부터 난 언니를 그렇게 기억한다. 무슨 일이든 억울하거나 부당한 일을 당하면 둘째 언니에게 고했다. 초등학교부터 남학생을 제치고 전교학생회장을 맡았고, 대학까지 전체 수석을 놓쳐본 적 없는 언니. 누구한테도 절대 눌리지 않는 당당함을 지닌 언니였다. 속상한 일에 뾰족한 해결책을 못 내놓아도 "그런 나쁜 놈은 혼내줘야 해!" 의연한 그 한마디면 마음이 편안해졌다.

둘째 언니의 그런 기질은 어렸을 때부터 드러났다고 했다. 네다섯 살 되던 해, 큰이모님을 따라 석왕사에 불공드리러 갔는데, 큰이모님을 따라 밤새도록 절을 하여서 무슨 어린애가 저럴 수 있냐며 모두 놀라워했다. 고집이 세고, 자기 소신이 뚜렷하여, 야단을 맞으면서도 절대로 잘못을 빌지 않았다는 둘째 언니. 그래서 야단맞을 일이 있으면, 당차고 야무진 둘째 언니를 대신해서 정 많은 큰언니가 미리 울면서 아버지께 빌었다고 들었다.

타고난 기질대로 둘째 언니는 세계평화 여성 지도자로 한평생 전 세계를 누비며 살아왔다. 각국의 여성 지도자들과 당당히 교류

하며, 유엔에서도 여성 지도자 대표로 연설을 했다. 아버지가 살아 계셨다면 그런 언니의 삶을 매우 흡족해하셨을 것이다.

난 아버지를 전혀 모른다. 세 살의 나이였으니까, 저장된 기억이 없다. 아기 냄새를 좋아하여 출근 전엔 아기 품속에 손수건을 넣었다가 가지고 나가셨다는 유별난 자식 사랑도 어머니로부터 전해 들었을 뿐이다.

이젠 전설 같은 아버지 사랑을 들려줄 어머니마저 떠나고 안 계시다. 하나뿐이었던 오빠는 아홉 살에 세상을 떴고, 유복녀로 태어났던 동생도 십 년 전에 세상을 떴다. 떠나간 그 세상에선 가족 모두 만날까?

그리고 두 언니는 어느새 팔십 대에 드셨으니, 영정 속 아버지는 그대로지만 그 기억은 시나브로 빛바래어 간다.

2
(2010~2020)

나이를 먹는 일은

　시야가 흐려 눈을 몇 번이나 껌뻑이며 창밖을 내다보았다. 산은 산새를 조롱에 가두지 않고, 자연도 그 품에 사는 사람을 가두지 않건만, 오늘은 미세먼지가 뿌연 장막으로 우리를 가두었다. 서울을 벗어나면 미세먼지도 따라오지 못할 것 같았는데, 내 숨 쉬는 땅 원주가 서울의 턱밑이며, 비좁은 한반도 중심에 놓여 있는 곳임을 새삼 깨우쳐주는 날씨였다.

　팔 년 전, 오랜 삶의 터전인 서울을 필사적으로 벗어나 치악산 그늘에 안겨들었다. 그래야 살아남을 수 있음을 본능적으로 안 것 같았다. 나의 원주 입성은 성공한 셈이었다. 여기가 무릉도원은 아니지만 나는 이곳에서 마음이 시끄럽지 않으며 하루하루가 느긋하고 아주 편안하다. 통계적으로 자연재해가 별로 없는 땅이라서 그럴까, 여기 사는 사람들도 모나지 않고 거칠지 않다. 만날수록 따뜻한 속정을 느끼게 하여 그 어느 곳에서 살 때보다 알콩달콩 재미가 있다.

그리고 무엇보다도 나를 행복하게 하는 것은, 이 원주 땅에 알 수 없는 상서로운 기운이 주재함을 느끼기 때문이다. 무위당 선생, 박경리 선생, 그분들을 큰 나무로 키운 어떤 강렬한 정신적 에너지가 있는 것 같다. 그 에너지는 알게 모르게 우리의 혈관으로, 세포로 스며들어 삶을 이끄는 기분이 든다. 주저하지 말라, 소신 가지고 행동하라, 태워라, 한 번뿐인 생이 아니던가. 내 안에서 어떤 열기가 나를 부추기는 것만 같다. 여기, 원주 치악산 품에 안긴 후, 가슴이 자꾸 뜨거워지는 까닭을 달리 설명할 방법이 없다. 그러면서 새삼 더 알게 된 이치가 있다. 나를 가둔 것은 나였으며, 날지 못하는 것은 마음이 너무 무거웠기 때문이다. 가벼워지면 자유로워지고, 뜨거워지면 삶도 무료하지 않다.

나이 한 살씩 먹는 일은, 나를 옥죄고 짓누르는 사슬을 하나씩 푸는 일이다. 쏜살처럼 해가 바뀌고 나이테 하나씩 늘어나는 일이 나쁘지 않다. 이 나이만큼 살지 못했더라면 요즈음 느끼는 이만큼의 자유로움도 얻지 못했을 것 같다. 내가 헤엄쳐 온 세월이라는 강물이 물고기를 키우듯 나를 키워내고 또 자유로움을 맛보게 해주었다.

이제 며칠 있으면, 공식적으로 한 살을 더 먹는 설날이다. 어제와 다를 것 없는 하루가 지나갈 뿐인데, 한 살씩 더 만들어지는 '해돌이', 즉 둥근 나이테는 내 안 어디에 새겨지는지 어린 시절엔 무척 궁금했었다. 시간의 수레바퀴를 돌리는 거대한 손길이 지구 밖 어디에 숨어 있는 줄 알았으며, 시계 속에도 작은 사람이 숨어 있는 줄 알았다. 상상도 컸고 궁금한 것이 많았던 날들을 지나 어른이 되었다.

이번 기해년의 설날은, 절기상으로 새해의 시작을 알리는 입춘일이 바로 그 전날(2월 4일)이니, 그야말로 달과 태양의 주기로도 맞아떨어지는 새해 첫날이 함께 오는 것이다. 육십 년 만에 찾아오는 황금돼지해란다. 입춘첩을 굳이 써 붙이지 아니했어도 어떤 무엇으로도 아프지 않게 생명의 기운을 집마다 듬뿍듬뿍 안겨주었으면 한다. 저마다 가슴에 드리우고 사는, 저 미세먼지 장막 같은 그늘을 다 거두어주었으면 좋겠다.

통증을 꽃으로 피우며

하늘이 온통 먹구름일 때, 길을 잃고 어둠 속에서 좌절하는 순간에 사람들은 저마다 무엇으로 자신을 지키는지 궁금하다.

2005년, 암이 찾아와 투병을 시작했다. 첫 번째 항암치료부터 난항이었다. 백혈구 수치가 바닥으로 떨어지고 두 번째엔 주사액이 새어 혈관 괴사가 왔다. 쓸 수 있는 혈관이 없어 가슴에 케모포트를 시술했으나 그마저도 막히고 염증을 일으켜 제거하는 등 세 번째, 네 번째, 여덟 번째까지 매번 순탄하게 넘어가지 못했다. 암 환자라면 누구나 겪는 투병의 고통을 몇 배나 처절하게 치르면서 사경을 헤맸다. 포기하고 싶은 유혹에 흔들렸다.

고통과 절망이 극에 달하는데 살려달라는 기도조차 하늘에 닿지 않는 듯 암담했다. SOS가 혼자만의 공허한 외침이었다. 포기하지 않으려면 뭔가 살아있어야 할 명분을 가져야 하는데, 무엇을 붙들어야 하나?

응답이 없으니 스스로라도 찾아내야 했다. 그 시간 속에서 서서히 나를 찾아온 키워드가 '감사'와 '사랑'이었다. 너무 흔한가? 아무 때나 아무렇게나 남발하여 오히려 가슴에 다가오지 않는 말, 진정성이 전달되지 않는 말. 그 말들이 어쩌다가 생명력을 잃었을까. 알 듯했다. 우리는 거기에 늘 조건을 달았기 때문이다. 조건부로 감사하고 조건부로 사랑하면서 알게 모르게 조건의 노예가 되었으니까.

반사체가 아닌 발광체가 되어보기로 했다. 빛을 받아 빛을 내는 게 아니라 내가 빛이 되기를! 심신이 몹시 허약해지니 누군가에게 자꾸 매달리고 의존하게 된다. 그래서 기대감을 자꾸 키워간다. 기대감이 채워지면 밝아지고 기대감이 무너지면 흐려진다. 그러고 싶지 않았다. 그래서 달이 아니라 태양이 되어보고 싶었다.

시선을 자아 밖으로 확장하지 않고, 그냥 내게만 집중했다. 안으로 깊숙이 응시하면서 물었다. 아직 타고 있겠지? 생명의 마그마! 비록 와병으로 사그라지는 빛이라도 아직 다 쓰지 못했다. 그 불씨를 살려 다 쓰고 가야겠다. 그러려면 시간이 좀 더 필요하다. 남기지 않고 모두 다 태우고 가려면…. 생존해야 할 명분으로 충분했다.

감사, 사랑, 두 개의 키워드에 '그냥'이란 말을 덧붙였다. 그러고 나니 두 단어에 혈이 돌았다.

아침에 눈을 뜨면, 선물처럼 주어지는 하루에 그냥 감사했다. 흐린 날에도 바람 부는 날에도. 통증이 들끓어 나도 모르게 신음이 흘러나오면 '통증 통로'인 그 신경망을 '감사 통로'로 바꾸려 애썼다. 의식을 전환하는 일은 쉽지 않았지만, 끊임없이 시도하고 노력했다. 끝이 안 보이는 전쟁에서 나를 지탱할 수 있는 유일한 방법이기도 했다.

그리고 눈 마주치는 생명에게 '안녕, 사랑해' 인사했다. 정원의 꽃나무, 그 나무에 날아와 앉는 새들, 그 새들이 날아가는 하늘, 그 하늘에 흐르는 구름, 그 구름을 흩어지게 하는 바람, 생명이 스쳐 가는 길로 눈을 따라가면 인사할 대상은 얼마든지 있었다. 이 세상은 아름다움과 생기로 가득 차 있었다. 내 안을 어두움으로 가득 채우기 싫어서 절망과 고통에 숨조차 힘들어지면 더더욱 힘주어 '사랑해!' 되뇌었다.

잿빛 가득한 어느 날엔, 태평양 너머 샌프란시스코 연구실에 파묻혀 지내는 아들에게 뜬금없이 노래를 전했다. 〈시월의 어느 멋진 날에〉의 한 소절이다.

넬 만난 세상 / 더는 소원 없어
바램은 죄가 될 테니까

그렇게 노래 부르고 나니, 통증도 순간 꽃이 되었다. 남은 소절은 혼자 음미하며 흥얼거렸다.

살아가는 이유 / 꿈을 꾸는 이유 / 모두가 너라는 걸
네가 있는 세상 / 살아가는 동안 / 더 좋은 것은 없을 거야

2005년에 찾아온 첫 번째 암을 그리 버티었고 또 2015년, 더 극심한 고통으로 찾아온 두 번째 암도 그리 버티었다. 통증을 꽃으로 피우며 나를 지켜냈다. 무한 긍정으로 한 발, 한 발 나아가면서, 감사할 일이 없어도 감사하고, 사랑할 마음이 일지 않아도 사랑했다. 나의 뇌세포들은 이제 감사와 사랑에 굳이 조건을 끼워 맞추려고 애쓰지 않는다. 많이 길들고 순화된 것 같다.

하루하루가 다 멋진 날이다.
깨어 있는 오늘은 최고로 멋진 날이다.
더는 소원 없는~

이미 강을 건너간 사람

건강보조식품 설명회에 참석한 적 있었다. 항암치료가 끝났지만 지독한 통증에 시달리고 있을 때였다. 지푸라기라도 잡고 싶은 절박함이 나를 그 자리로 이끌었다. 모든 환자를 살릴 수 있단다. 그 정체가 무엇인지 알아야 했다. 소강당 크기의 설명회장엔 빈자리가 없었다. 모두 나 같은 절박함이지 않았을까?

강사가 등장했다. 나도 잘 아는 ○○대학 교수란다. 식품의 효능에 대한 설명이 한참 계속되었다. 생물학적 용어로 풀어내는 내용이 아주 그럴싸하게 들려서 경청했다. 한 가닥 희망이 잠시 꿈틀거렸다.

그런데 이야기가 어느새 판매 전략으로 넘어가 있었다. 그때부터 마음이 불편해지기 시작했다. 낚인 건가? 중간에 나오고 싶었으나 그럴 뱃심이 없어서 건성건성 듣고 있었다. 그런데 갑자기, 머리를 강타하는 말이 들렸다.

"강을 이미 건넌 사람에겐 효과를 다 기대하기 어렵죠. 암이나 당뇨~ 그런 환자는 이미 강을 건너간 사람들입니다. 한번 강을 건너 버리면 어떤 약도 늦은 거죠.”

틀린 말은 결코 아닌데, 보기 좋게 한 방 얻어맞았다. 피가 아래로 싹 내려가 아득해지는 느낌이었다. 한번 강을 건너간 사람은 늦었다면서 부르긴 왜 불러. 그의 말은 이제 귀를 어지럽히는 소음이되어 앵앵거렸다.

그 후로 가끔 그 말이 떠오르면 자신에게 반문해 본다. 어느 강을건넜다는 거지? 그렇다면 지금 서 있는 곳이, 강 어느 쪽인 거지?

언젠가 나보다 먼저 암을 앓았던 후배에게서 들은 얘기도 그랬다. 방송에도 가끔 출연하는, 건강식품계를 이끌어 가는 유명 인사의 강연회였다고 한다. 그 생기 넘치는 교수님은 청중을 향해 야단치듯이 소리를 높이더란다.

“이렇게 하라는 거, 안 하고 암 환자 될래요? 그렇게 갈 데까지 가고 싶어요?”

순간, 머리가 멍~ 해지면서 그에 대한 존경심이 싹 걷히더라고했다. 평균 수명을 기준으로 보았을 때 대략 네 사람 중 한 사람은 암으로 사망한다고 한다. 25%의 확률이다. 그 수치로 계산하면, 중년 이후엔 네 사람 가운데 한 사람은 뽑히게 된다. 1/4의 확률이라면 크게 재수를 논할 수도 없다.

그러나 우리 의식 속에서 암은 아직 천형의 얼굴을 하고 있다. 전염은 되지 않지만, 죽음의 그림자가 짙어서인가 보다. 내 의식 속에서도 그 그림자가 좀처럼 떠나지 않는 걸 보면, 천형이 아니라고 부인할 수도 없다.

이미 강을 건너간 사람, 어쩌면 그 말은 사실인지도 모른다. 난 하루의 대부분을 혼자만의 세계 속에서 보낸다. 그림자처럼 내 곁을 지키는 한 남자가 있지만, 그와의 사이에서도 건널 수 없는 큰 강을 느끼는 순간이 많다. 처음부터 아픈 과정을 낱낱이 지켜보았던 사람, 그 시간을 어찌 견뎠는지 생생히 지켜보았지만, 그는 헤아릴 뿐, 알지 못한다. 고통을 겪은 건 그의 몸이 아니고 내 몸이기 때문에 그저 짐작하는 것이다. 몸은 아주 정직하다. 모르는 걸 아는 척하지 못하는 솔직함이 몸의 순수성이다. 심정으로 배려하고 헤아리며 살다가 종종 그는 까먹는다. 내가 이미 강을 건너간 사람임을, 그것도 두 번이나 건너간 사실을.

숨결 다 끊긴 다음에 망자들이 건넌다는 레테의 강은 아니지만, 그가 사는 세상과 내가 사는 세상 사이엔 강물만 한 간격이 있다. 세상에서 가장 가까운 무촌無寸을 허락한 부부라는 인연, 일심동체라 우겨도 고통을 겪어내는 일은 각자가 지닌 몸의 몫이다. 부인할 수 없는 사실이다.

가끔 나 혼자 정말 강 건너에 있는 것처럼 느껴질 때, 두 손으로 나팔을 만들어 크게 외친다. 강 건너를 향해 잘 들릴 수 있도록.

'강 건너 주시오~' 하려는데 다른 소리가 나왔다. "사랑해요~."

결핍은 생명을 꽃피운다

내 안에 연못이 있다. 그 연못 속이 세상 전부인 줄 아는 개구리 한 마리 거기서 노닌다. 그 작은 우주가 늘 고요한 것만은 아니다. 바람이 보이지 않는데도 항상 물결이 일렁거리며 무늬가 만들어진다. 연못은 어느 한순간도 잠들어 있지 않다. 바깥으로 드러나진 않지만 순한 바람과 거센 폭풍을 품고 있다.

생명으로 존재하는 모든 것은 바람을 피할 수 없다. 바람의 작용으로 순환하고 생존한다. 흔들림은 살아있음의 징표이기도 하다. 안에서 일어났던 밖에서 불어왔던, 멀미가 날 정도로 내 중심을 흔드는 바람에 온 힘을 쏟으며, 또 빼앗기며 내 젊은 날들이 지나갔다.

그러니까 흔들림에서 중심 잡기 하려고 글을 쓰기 시작했던 것 같다. 삶에 대한 멀미가 없었다면, 아마 글쓰기를 시도하지 않았을지 모른다. 무너지지 않기 위하여, 존재의 뿌리 내림을 위하여 글을 썼다. 글 쓰는 시간은 나를 구원하는 시간이었다. 원고지 앞에 앉으면 늘 기도하는 마음이었다.

 나의 문학은 전쟁의 상처로부터 시작되었다. 원산에서 피란 나오는 과정에서 아버지가 실종되셔서 생사조차 모르게 되었다. 아버지의 부재로 피란민이었던 우리 가족은 낯선 남한 땅에서 정착함에 어려움이 많았다. 너무 어린 나이여서 얼굴조차 기억하지 못하지만, 마땅히 곁에 꼭 있어야 할 누군가의 부재는 현실적 결핍 못지않게 정서적 결핍을 낳아 내 안에 더 많은 바람을 품게 했다. 그것이 나를 문인으로 이끄는 데 한몫했다.

 결핍이 낳은 외로움, 그리움, 서러움이 내 문학의 무늬를 이룬다. 그러나 그런 무늬가 어찌 꼭 아버지 부재 때문이겠는가. 환경적 결핍이 아니라도 생명은 유한해서 모두 서러운걸. 사회적 그물망에서 살아가고 있지만, 태생적 외로움마저 다 감싸주지 않는다. 저마다의 그리움도 속수무책이다. 그냥 막연한 것도 많기 때문이다. 비슷비슷한 무늬를 갖고 있기에 사람들은 서로 공감하며 이해할 수 있는 것이리라. 내성적이어서 달리 표현할 길이 없던 나는 문학으로 감수성을 다스려 왔다. 결핍을 품어 안고,

 문학에는 자정력, 치유력이 있다. 경험한 시간을 불러올 수 있기에 가능하다. 시간의 마술사처럼 소환된 삶의 순간을 작품으로 재창작할 수 있어서 좋다. 불러온 시간과 공간 속에서 슬픔과 아픔을 직시하며 상처를 보듬고, 존재의 근원에 한 걸음씩 다가가게 된다.

이러한 과정을 거치는 동안 불완전한 자아를 인정할 줄 알게 된다. 나 혼자만이 아니고 세상이 온통 미숙함과 불완전함으로 가득 차 있다는 것을 깨닫게 되었다. 참 오랜 시간 헤맨 뒤에야 인정하고 받아들이게 되는 진실이었다. 삶은 미숙에서 시작하여 미숙으로 끝나고, 불완전에서 시작하여 불완전으로 끝나는 것임을 알고 나니 비로소 자신에게 너그러워질 수 있었고, 타인에게도 넉넉해질 수 있었다.

인생은 수련 터다. 문학은 특히 정체성 찾기 공부다. 들판의 풀꽃과 다름없는 나, 그러나 그 작은 풀꽃에도 우주가 숨 쉰다. 자아와 초자아의 경계가 없다. 자아에 갇히면 초자아에 닿지 못한다. 끊임없이 나를 응시하면서 또 끊임없이 나를 허물어내야 한다. 문학은 세상 보기 안목 훈련이다. 그 훈련 대상의 첫째가 물론 나 자신이다.

글을 쓸 때 항상 고심하는 바는 소재를 어떤 주제로 담느냐이다. 같은 소재라도 어떤 시력으로 보느냐에 따라 전혀 다른 글이 써진다. 그래서 비슷한 소재로 써도 글마다 천태만상이다. 생각에 따라 보기가 달라진다. 뒤집으면, 아는 만큼 보이고, 보이는 만큼 생각하고, 또 생각하는 만큼 글이 된다.

물론 필력은 안목 훈련만으로 다 메꿔지진 않는다. 부단한 문장 수련이 필수다. 둥지를 지키며 알을 품는 새처럼 글도 품는 공력이 들어가야 한다. 글을 공들여 품는 일은 우리 말을 사랑하는 일이다. 우리 국어가 지닌 멋과 맛을 진정으로 알아가는 일이며, 그 아름다움에 취하는 일이다. 부적절한 낱말과 부호, 비문을 가려내야 한다. 기형아를 낳지 않도록 태교하듯 문장을 다듬고 또 다듬어야 한다.

어느덧 글을 품고 살아온 지 사십 년이다. 문학을 통해 자존감도 함께 자랐다. 덧없는 세월 앞에서 의연하게 버틸 수 있을 만큼 단단해지기도 했다. 어느 한순간 와르르 무너져 버릴지는 모르지만, 이번 생은 글과 인연이 되어 행운이라 여긴다.

요즘 난 연못 밖 세상으로 자꾸 시선이 간다. 개구리가 연못을 떠나서는 살 수 없듯이 내 마음속 풍경에서 벗어날 생각은 없다. 그래도 밖의 풍경으로도 시선이 쏠린다. 생명이 있는 모든 것들의 숨결을 응시한다. 눈이 간다는 것은 마음이 가는 거겠지. 소생하는 밝은 기운은 물론이지만, 소멸하는 퇴락의 기운에게도 마음이 머문다. 그 머문 자리엔 어김없이 생멸의 순환 고리가 보인다.

쓸데없이 물음을 또 던진다.

어디서 오는지, 어디로 가는지,

시간과 존재의 함수관계는 무엇인지,

남은 해가 짧다. 그래서 나의 글쓰기는 더욱 절박한 기도가 되어간다. 아무도 속박하지 않건만, 아직 더 갈망한다. 자유로워지기를.

영혼의 밥

강남의 어느 호텔 홀 하나를 빌려서 모처럼 고교동기동창회가 열렸다. 졸업 후 이십 년 만이었다. 대학동창회는 친한 선배가 동창회장직을 맡으면서 함께 일하자고 하여 수년 동안 관여한 적 있었지만, 초중고 동창회에는 얼굴을 비춘 적 없었다. 그런 나에게, "한 번 보자, 나이도 들어가는데." 새롭게 고교 동기동창회장직을 맡았다면서 참석을 권유해 온 친구가 가장 먼저 알아보고 반갑게 맞아주었다.

"넌 정말 옛날 그대로네. 앞자리에 앉아 수업 시간이면 눈을 반짝반짝 빛냈었잖아, 가끔 그런 네가 궁금했었거든, 내 예상대로 시인이 되었네."

글을 쓴다면 다 통칭해서 시인이란다. 그 말에 굳이 '아니 난, 수필이야' 교정 본능을 드러낼 필요는 없었다. 그 무렵엔 오로지 수필 외골수였으나, 이젠 그가 진즉 불러준 대로 얼치기 시인도 되었다.

"문학이 밥은 먹여주니?"

꼭 집어서 그렇게 묻지는 않았지만, 현실적인 궁금함을 내비쳤다. 그는 자기 이름으로 발간된 저서를 가진 친구를 선망하면서, 꽤 성공한 삶이라고 생각했던 것 같았다. 지금처럼 SNS도 발달하지 않았고 책 발간도 그리 흔치 않았던 삼십 년 전 얘기다.

"에이, 문학이 무슨 밥이 되겠어, 그런 경우는 극히 드물지."

사보 청탁원고 외엔 원고료를 거의 받아본 적 없는 문단의 현실을 솔직하게 말해 줄까 말까 잠시 망설였다.

가끔 친구가 던졌던 그 물음으로 자신을 바라본다. 밥도 먹여주지 않는 문학을 생의 중심에 놓고 전전긍긍하며 산 세월이 사십 년이다. 글 한 편마다 스스로 까탈 부리며 매번 산고를 겪었다. 글을 품고 숱하게 새운 날밤들. 그땐 에이, 문학이 무슨 밥~ 펄쩍 뛰었지만 틀렸다. 글을 쓰지 않으면 허기를 느끼고, 좋은 글이 나오면 배가 부르다. 문학 역시, 밥이다. 영혼의 밥!

엇박자

고등학교를 졸업하고 이십여 년 만에 동창회에 참석했다. 짙은 감색 교복 차림의 풋풋했던 단발머리들은 너나없이 마흔 중년의 파마머리들로 바뀌어 있었다. 울긋불긋한 옷 색깔만큼이나 각각의 얼굴에 드리워진 삶의 표정도 다양해 보였다. 모두가 낯설었다.

난 학창 시절에도 교우 관계가 편중되어 있었다. 친한 벗 서너 명과는 잠시라도 떨어지기 싫어 늘 한 덩어리로 붙어 다녔지만, 그 외는 이름과 얼굴을 다 짝 맞추지 못할 정도로 무덤덤하게 지냈으니 더욱 알아볼 턱이 없었다.

그날 난 평생 잊히지 않는 한 장면을 보았다. 간략한 회의와 소개에 이어서 식사 시간이었다. 내 건너편 시선이 닿는 테이블에 앉았던 동창 한 사람이 식사 중에 테이블 밑으로 고개를 깊이 수그렸다가 쳐드는 일을 계속 반복하고 있었다. 아기를 데려왔나? 강아지를 데려왔나? 뭘 하는 거지? 신경 쓰지 않으려 해도 나도 모르게 계속 눈길이 갔다. 그런 내게 옆자리 친구가 귀띔했다. 모른 척해!

결혼하여 처음부터 너무 열심히 살았다고 했다. 시부모 남편 자식에게 만점짜리로. 농사와 가사를 완벽하게 수행하며 농촌의 대가족 사이에서 최선을 다하며 버티다가 결국 한계에 이르렀다고 했다. 착한 여자 증후군, 그걸 유지하며 살아가는 게 얼마나 힘들었는지 그가 감내했을 구체적 고통에 대해선 듣지 못했다. 다만 자신이 만든 자승자박의 족쇄에서 벗어나려고 양잿물을 마셨는데, 식구들에 의해 목숨을 건졌다고 했다. 그러나 독한 양잿물로 다 녹아버린 식도는 살려낼 수 없었다. 위장으로 가는 인공 식도를 복부에 장치해서 살아가고 있는 처지였다. 입에서 씹은 밥을 그 관으로 뱉어내느라고 계속 고개를 숙였던 모양이었다.

접으려고 했다가 다시 살아나게 되었을 때의 마음이 어땠을까. 목숨을 연명하려고 입에선 씹지만, 목 너머로 삼키지 못하는 밥맛은 슬픔일까 고마움일까. 손상된 식도와 상관없이 혀가 구미를 느낄 수 있다면 그것만으로도 모두 감사함일까.

'먹다'라는 동사에선 목구멍이 보인다. 꿀~떡 목 넘김의 소리도 들린다. 씹고 삼키고, 아무 저항 없이 반복했던 그 단순 행위가 엄청난 축복이었음을 매번 고개를 숙일 때마다 느꼈을 친구.

우리 삶은 엇박자로 가득하다. 잃어본 후에야 알게 되는 일들이 너무 많다. 자승자박의 족쇄로부터 자유로워지기 위해 그가 치른

대가가 마음을 무겁게 짓눌렀다. 그날 이후로 문득 자신을 점검하는 버릇이 생겼다. 나도 모르게 자승자박하는 일은 없는지, 만점짜리 인생은 없다. 아무리 최선을 다해도 여기저기 빈틈이 있고 삐걱대기 마련이다. 최선만 고집하지 않고 종종 차선을 선택하려고 한다. 행복한 바보로 웃으면서.

신호등

아이들은 어느 방향으로 튈 줄 모르는 탁구공이다. 분명히 보행자 신호가 적색이었는데, 사내아이 하나가 갑자기 도로로 뛰어들었다. 마침 진입하던 차가 서행했으니 망정이지, 하마터면 큰 사고가 날 뻔했다. 아이 엄마는 놀라서 녀석에게 고함을 질러댔고 아이는 그저 머쓱한 표정을 짓는 것으로 그 순간은 마무리되었다.

아이들은 위험을 인지하지 못해서 돌출행동을 한다. 그들은 세상의 규칙 따위는 그것을 만든 어른들만의 것이라는 듯, 어느 순간이든 느끼는 대로 반응하고, 충동적인 욕구대로 움직인다.

아침에 아찔했던 그 순간이 온종일 머릿속에 켜있다. 한세상 수많은 길을 건넜는데, 나아갈 때와 멈춰야 할 때를 잘 인지하고 살아왔는지.

난 녹색 신호보다 적색 신호에 민감하게 반응한다. 건널 타이밍에 우물쭈물 제 자리에 있을 때가 많다. 앞으로 치고 나가려면 나도 모르게 긴장되어 경주나 계주를 꺼리게 된다. 아무와도 견주지 않고 혼자 어슬렁거리며 걸어가는 정도라야 녹색 신호에도 조금씩 발걸음을 내딛는 편이다. 세상에 대한 두려움이 조심성으로 굳어져 매사에 도사림이 심하다.

대학을 졸업하면서 세 가지 진로를 놓고 고민한 적 있었다. 전공이 재미있어서 계속 공부를 이어가고 싶었다. 행운처럼 외국 생활을 제시받기도 했다. 하지만 크게 고민하지 않고 세 번째 길인 취직을 선택했다. 봉급이 상당히 괜찮았던 외국 합자회사였다. 공부도 좋고 이국 생활도 좋지만, 새로운 도전이 두려웠다. 그로 인해 감내해야 할 외로움과 고생스러움은 더 자신이 없었다.

가끔 가보지 않은 길을 그려보곤 한다. 그때 공부를 선택했다면, 어느 대학 강단에서 후학들을 가르치며 열정을 다하고 있겠지. 외국행을 선택했다면, 영어 울렁증은 완벽하게 극복했을 거다.

선택이 습관을 만들고, 습관이 인생을 만든다는 말에 공감한다. 도전의 녹색 신호보다 늘 안주의 적색 신호를 따르는 습관으로 매번 인생길도 선택하게 되니 그야말로 굴곡도 없고 변화도 없이 살아온 셈이다. 그러나 만족한다. 밋밋한 지금의 삶도 나쁘지 않으니까.

꽃 피는 봄 사월 돌아오면, 이 마음은 푸른 산 저 너머
그 어느 산모퉁 길에, 어여쁜 님 날 기다리는 듯
철 따라 피는 진달래 산을 덮고, 머언 부엉이 울음 끊이잖는

나의 옛 고향은 그 어디런가, 나의 사랑은 그 어디멘가
날 사랑한다고 말해 주렴아 그대여, 내 맘속에 사는 그대여
그대가 있기에 봄도 있고, 아득한 고향도 정들 것일레라.

채동선 작곡, 박화목 작사의 〈망향〉이다. 평생을 교직에 있었던 김 선생의 가슴에서 풍금의 선율과 함께 떠오르는 노래.

40년 전 가을, 수업을 파한 아이들이 모두 집으로 돌아간 늦은 오후, 텅 빈 교실에서 풍금 건반을 두드리며 여선생이 〈망향〉을 노래하고 있었다. 청중은 동료 교사인 김 선생, 오직 한 사람뿐.

'날 사랑한다고, 말해 주렴아 그대여~ 내 맘속에 사는 이 그대여~'

맑고 애잔한 목소리로 간절히 구애하는 여선생의 어깨를 감싸 안으며 그 마음을 받아들이고 싶었지만 그럴 수가 없었단다. 이미 약혼한 사람이 있었던 때문이다. 더 다가가지도 못하고, 냉정히 뿌리치지도 못한 채, 교정에 어둠이 내릴 때까지 얼어붙은 정물이 되어 있던 남자. 그 시간에 김 선생의 마음속엔 녹색과 적색의 신호등이 세차게 교차했다고 한다.

그 깜빡이던 신호가 문득 되살아날 때가 있는 모양이었다. 일본 문학기행 중 옆자리에 앉았던 김 선생이 묻지도 않은 옛이야기를 꺼낸 걸 보면. 건너지 않은 길에 대한 환상은 때때로 지친 일상에서 꺼내 볼 수 있는 작은 위안이 될 수도 있으리라.

지금 난 어느 건널목 앞에서 주춤거리고 있다. 신호등이 꺼져있는지 녹색도 적색도 안 보인다. 길 저편에서 바라보는 이에겐 움직이려 하지 않는 내가 답답하게 보일지도 모른다. 신호가 꺼졌으면 아, 보행자 신호 스위치를 누르세요! 그러나 누가 부추긴다고 쉽게 발걸음을 옮기진 않는다. 망설임은 내 특기다. 기다림도 내 특기다. 무단횡단인지 아닌지, 신호 위반인지 아닌지, 돌다리도 두드리는 성격이 오늘도 나를 멈추게 한다.

3

(2000~2010)

봄은 언제 오려나

　입춘이 지났건만, 때아닌 눈보라가 겨울바람처럼 매섭게 문풍지를 흔들고 있었다. 잠결에 어깨가 시려 이불자락을 끌어올리다가 작게 흐느끼는 소리를 들었다. 큰언니였다. 그러고 보니 한밤중 잠을 깨운 것은 밖에서 새어 들어오는 찬바람이 아니고, 방 안을 감도는 시린 바람이었다. 눈물을 훔치고 있는 언니 곁에 아무 말도 없이 석고상처럼 앉아 계신 어머니. 언니의 눈물보다 어머니의 침묵이 내 온몸을 더 얼어붙게 했다.

　서울에서 대학에 다니고 있던 큰언니는 겨울방학 동안에도 친척집에서 가정교사를 하느라고 집에 내려오지 못했다. 눈보라 몰아치던 그날, 갑자기 집에 내려온 언니를 보자, 부엌일에서 놓여나게 되었다는 생각만으로 신이 났던 나는 한밤중 언니의 눈물에 가슴이 졸여 숨이 멎는 줄 알았다.

　2월은 우리 가족에게 특히 잔인한 달이었다. 언니 둘이 대학에

다니던 그 무렵, 등록금은 장학생이 되어 일부 면제받고, 생활은 가정교사를 해서 꾸려가고들 있었지만, 책값 옷값 교통비 등은 턱없이 모자랐다. 겨울이어도 포근히 감싸줄 외투 하나 해 입을 형편이 못 되어 얇은 스웨터로 견디던 큰언니.

"추운 것은 문제가 아니에요, 추운 것쯤은 얼마든지 견딜 수 있어요. 그러나 보는 사람마다 동정의 눈으로 바라보는 것만은 참을 수가 없어요."

감수성이 예민했던 그 나이엔 옷깃으로 파고드는 칼바람보다 마음으로 파고드는 연민의 눈길이 더 아프게 에이었던 모양이다. 정말로 혹한이었던 한겨울은 용케도 버티었는데, 오히려 입춘 꽃샘추위가 언니를 무너뜨렸다. 가난한 학생들에게 계절과 상관없이 서울은 동토의 땅이었을 것이다. 자존심으로 무장한 마음의 얼음장이 깨지면서 눈물을 보인 큰언니의 모습이 잊히지 않는다.

우리 가족의 겨울은 유난히 길었다.

아버지와 어머니는 모두 1914년생이니 그 태생부터가 겨울의 시작이었다. 역사의 큰 변환점에 태어나 소용돌이치는 격랑의 세월을 산 분들이다. 일제 강점기, 해방, 남북분단, 공산 치하, 한국전쟁을 겪으며 아버지가 실종되어 이산가족이 되었으며 겨우 피란 보따리를 푼 이듬해엔 네 자매 사이에 끼어있던 오빠도 폐렴으로 잃었다.

통영 태생이었던 아버지는 원산 수산전문대 교수로 재직하면서
이화 여자전문학교를 졸업한 어머니와 만나 처가인 원산에서 자
리 잡고 살았다. 일제 강점기에서 풀려나 해방을 맞았으니 이제 긴
긴 겨울을 벗어나는가 싶었지만, 공산 치하에서는 더 얼어붙은 겨
울을 맛보았다. 사회의 가치 기준과 제도가 완전히 뒤바뀌고 무너
진 세상에서 두 분은 지주계급, 지식 계급으로 몰려 재산을 몰수
당하고 사사건건 감시와 통제 속에 살얼음판을 살았다.

전란 중, 국군이 원산으로 진격해 들어왔을 때, 가슴 벅차서 태극
기를 흔들며 군인들에게 과수원에서 수확한 사과를 아낌없이 꺼내
와 나누어주면서 환영했던 두 분은 다시 국군이 밀리자 남하를 결
심하였다. 원산에 핵폭탄이 투하될지 모른다는 소문도 크게 한몫
작용했다.

1950년 12월 8일의 일이다. 어머니는 임신 7개월이었고 올망졸
망 어린 것이 넷이었다. 전시 상황에 다급해진 아버지는 우선 작은
목선을 빌려 원산 앞바다에서 60리 떨어진 '모도'라는 섬에 우리 가
족을 데려다 놓고, 남하할 큰 배를 구해오겠다며 섬을 떠났다. 기
다리라는 말 한마디 남긴 것이 다였다. 밤이나 낮이나 배가 들어오
는지 바다를 지켜보는 일 말고는 아무것도 할 수 없었던 어머니. 그
겨울 해안가에서 서성이던 만삭의 어머니 곁에 열 한 살짜리 큰언
니가 그림자처럼 따랐다.

아버지는 끝내 돌아오지 않은 채 실종되었고, 어머니는 섬에서

유복녀인 동생을 낳았다. 그리고 정말 어느 영화에서처럼 우린 우여곡절 끝에 미군 함정 LST를 타고 거제도 피란민 수용소에 내려졌다. 그렇게 남한 땅에서의 생활이 시작되었다. 어머니는 이화에서 함께 공부했던 동문 몇 분을 통해 직장을 알아보다가 일자리가 마련된 강원도 어느 도시에서 정착하게 되었다. 그런 과정을 겪으면서 어린 나이에도 맏이답게 언제나 어머니를 위로하며 씩씩하게 고생을 도맡아 오던 큰언니였으니 그 눈물이 얼마나 고통스러웠을지 짐작되고도 남는다.

며칠 후, 언니는 난생처음 자주색 코트를 하나 맞춰 입고 서울로 떠났다. 그해 중학교에 입학하게 된 나는 입학식에서 반 편성을 받지 못하고, 운동장 한가운데 홀로 남겨지는 경험을 했다. 입학금을 세 번에 걸쳐 나눠 내기로 당시 어머니의 이화 동문이었던 교감 선생에게 양해를 얻었는데, 그런 사정이 서무과엔 통보가 안 되었는지 사무처리에서 누락되었기 때문이다. 그날 뒤늦게 재편성받았지만, 그 순간의 기억도 오래 잊히지 않는다.

그래서 내가 기억하는 2월은 언니의 눈물과 어머니의 한숨으로 남아있다. 자식들의 등록금과 오른 집세 등을 마련하지 못해 잔뜩 수심에 잠겨 있던 어머니의 얼굴이 2월의 표정이다.

큰언니가 대학을 졸업하고 교직을 얻게 되면서, 어머니의 2월도 꽃샘추위가 훨씬 덜해졌다. 그러나 아직 공부해야 할 동생이 셋이나 있었다. 어머니의 숨통은 조금 트였지만, 그 후로도 우리 가족에게 겨울은 끈질기게 오래 머물렀고 봄은 쉬이 오지 않았다.

코로나19로 몹쓸 세상을 사는 것 같아서 마음이 어두워질 때, 나는 어머니가 견디어 오신 세월을 막연히 떠올린다. 그러나 사실 식민지 시절, 공산 치하, 한국전쟁을 직접 겪어보지 않았으니 나는 모른다. 돌아오지 않는 아버지를 하염없이 기다리며 만삭의 어머니가 망부석으로 서 있었던 낯선 섬, '모도'의 겨울 바닷가도 모른다. 겨우 목숨만 건진 채로 짐짝처럼 부려졌던 거제도 피란민 수용소의 나날들도 모른다. 핏덩이를 비롯해 다섯 생명을 거느리고 가장으로 살아내야 했던 36세 여인의 막막함도 모른다. 고향과 남편을 잃고, 의지할 사람 하나 없는 낯선 땅에서 절망과 혼란을 어떻게 다 견뎠는지 그 심중을 헤아리지도 못한다. 어머니 칠순에 고희 기념 문집을 만들어 드리는 과정에서 가장 뼈아프게 꺼낸 말씀은 "절박한 순간, 의논할 상대가 없음"이었다.

나는 그저 미뤄 짐작할 뿐이다. 어린 날 내 몸으로 가슴으로 절감했던 추위와 배고픔과 외로움 따위와는 비교조차 안 될 만큼 고달팠을 어머니의 세월을. 희미한 전등 불빛에 석고상처럼 굳어진 채 큰언니의 눈물을 받아주고 계셨던 어머니의 침묵, 오열보다 더 큰 울음이 침묵임을 그때 느꼈을 뿐이다. 그런 조각조각의 풍경으로 어머니의 세월을 헤아리는 것일 뿐이다.

그래서 나는 투덜거리지 않는 버릇이 생겼다. 아무리 힘겨운 경우가 닥치더라도 내가 살아내는 그 어느 시간도 어머니의 겨울보다는 괜찮은 거니까.

시간이 저 혼자 흐르지 않고, 모든 것을 안고 흐르는 것이 감사하다. 각각의 생명이 안고 있는 고통마저 부드럽게 껴안고 강물처럼 흐르는 시간. 어둠 속에서 천년만년 갇혀 있을 것 같았던 내 어린 날의 2월도, 이미 오래전에 시간이 안고 떠나가 버렸다.

오랜 겨울나기 삶을 살아오신 어머니는 87세가 되던 스무 해 전, 더는 봄을 기다리지 않아도 되는 곳으로 시간이 모셔갔다.

바닥의 시간

    앞으로 나아가다가 길이 막히거나 삶이 멈춰있다고 생각될 때면, 아들은 자진하여 더 힘든 자리를 찾아 떠나곤 했다. 안일함 속에 길들여지면 방향감각을 잃고, 삶이 무력해진다는 것이었다. 그 첫 번째 시도가 과학 고등학교였다. 집을 떠나 기숙사 생활을 해야만 하는 삶을 기꺼이 선택한 것이다. 대학을 진학하고 난 뒤엔 함께 살 수 있어 좋았지만, 실험실에서 자정을 넘긴 시간까지 빠져나오지 못했다. 그런 아들 때문에 학교 가까운 봉천동으로 이사했는데, 아들은 또다시 훌쩍 유성으로 내려가 기숙사와 연구실만 왔다 갔다 하면서 박사과정을 이수했다.

    그리고 결혼과 동시에 더 넓은 세상으로 나아가 연구를 해보겠다며 샌프란시스코로 떠났다. 서울에서 의학 공부를 하느라고 신랑을 따라가지 못한 며느리는 방학하는 다음 날로 샌프란시스코로 날아간다. 신혼의 달콤한 시간을 마다하고, 바다 건너 외로운 땅에서 홀로 연구실에 파묻혀 지내는 아들을 생각하면, 사막으로 내보낸 것만 같아 깔깔한 모래바람이 가슴에서 인다.

"내 생활공간은 실험실뿐이다. 잠자는 시간을 제외하곤 오로지 연구실에서 초파리, 효모 등만을 상대하면서 어느덧 나의 20대가 흘러가 버렸다."

샌프란시스코로 떠나기 전인 2006년, 모 경제신문 칼럼에 실렸던 아들의 글 첫머리다. 학회 참석을 제외하곤 친구들과 어울려 이곳저곳 다녀본 기억이 별로 없고, 문화생활도 접할 기회가 적어서 노래방에 가도 10년 정도 지난 노래밖에는 부를 줄 모르는 멋없는 사람이 되어버렸다는 아들.

아들의 하루는 매일 기숙사에서 몇 발짝 떨어진 연구실로 출근해 초파리를 돌보는 것으로 시작된다. 수백 종류의 돌연변이 또는 형질전환 초파리들을 보살피다 보면 어느 사이엔가 몇 시간이 훌쩍 지나가 버린다고 아들은 토로했다. 날아다니는 초파리만 보아도 암수를 구별할 수 있을 만큼 초파리와 익숙해졌다고 했다. 이산화탄소를 이용해서 마취시킨 후, 현미경으로 확대해서 초파리 눈을 바라보고 있으면 그들도 자신을 보고 있는 듯 착각이 되어 가끔 말을 걸기도 한단다.

아들이 관심을 가지고 연구하는 분야는 초파리를 이용해 사람의 신경계 질환의 발생 원인을 밝히는 일이다. 애초부터 생물학을 선택한 이유가 질병 연구를 통해 고통받는 사람에게 뭔가 도움을 주고자 함이기에, 암이나 면역 관련 연구도 아들의 관심 분야다.

이런 연구를 위해서는, 초파리의 뇌를 분리해 내거나, 초파리알 껍질을 예리한 도구로 찢어내는 등의 일을 해야만 한다. 숨죽이며 집중해서 해부하다가 잠시만 손이 떨려도 그대로 샘플을 못 쓰게 되는 일이 반복된다고 했다. 몇 시간 동안 진땀을 흘리며 불과 몇 개의 샘플을 손에 얻고 나면 몸이 마구 경직되고 마음이 답답해져서 건물 밖으로 잠시 나가서 소리를 지르고 오기도 한다는 것이다.

사람의 질병 치료에 유용한 정보를 얻기 위해서는, 어쩔 수 없이 비정상적인 초파리를 만든 뒤 그 삶을 지켜봐야 하며, 그들을 다시 정상적으로 만들 방법도 찾아내야 한다고 했다. 그런 일을 하다 보니, 실험실 동료 중엔 졸업논문을 쓸 때, 함께했던 초파리들에게 괴롭혀서 많이 미안하고 또 덕분에 좋은 결과를 얻을 수 있어서 감사하다고 글을 남기는 사람도 있다고 했다.

자신의 얘기나 소망에는 관심도 없고, 전혀 들어주지도 않는 상대를 늘 지켜봐야만 하는 자기 모습을 바라보면서 '참 지독한 짝사랑을 하고 있구나' 생각한다는 아들. 너무나 작은 생명체만을 바라보는 직업을 갖게 되다 보니 내 안의 그릇도 함께 작아지는 게 아닌가 하는 불안감도 생기지만, 어릴 적부터 꿈꿔왔던 길을 걸을 수 있어 감사하다는 말로 글을 맺었다.

일이 고될 뿐만 아니라 경제적으로나 심적으로나 여유가 별로 없고, 사람들과의 교류도 많지 않고, 공유할 수 있는 것도 적어 때론 쓸쓸하게 느껴진다고 솔직하게 심정을 털어놓았다. 그렇게 초파리에 갇혀 쓸쓸한 20대를 보내더니, 더 넓은 세상이라는 샌프란시스코에서도 역시 초파리에 갇혀 적막한 30대를 맞고 있다. 더욱 외롭고 쓸쓸한 공간과 시간 속에 자신을 묶어둔 채.

샌프란시스코 생활 2년이 넘어가면서 아들은 힘들어하기 시작했다. 본인이 원해서 떠난 삶이긴 했지만, 삭막한 외국 환경에서 매일 반복되는 실험에 지쳐가는 느낌이었다. 거기서도 초파리를 향한 지독한 짝사랑은 계속되고 있어서 때때로 깊은 슬럼프에 빠져들곤 했다. 아무리 집중해서 들여다보고 소통하려고 해도 초파리는 해 줄 말이 없는 것이다. 사실 초파리 그 녀석들 자체도 뭘 안다는 말인가. 지루한 기다림이 있을 뿐이다. 신이 숨겨놓은 생명의 지표를 찾아내기까지는 시행착오를 수없이 거쳐야 한다.

안부를 물으면 잘 지낸다고 하면서도, 한숨처럼 흘러나오는 말이 있다. "그냥, 좀 답답해요." 그 말을 들을 때마다, 난 우주에 검은 장막이 드리운 느낌이곤 했다. 같은 연구실엔 저마다 능력 있는 연구 박사들이 80여 명이라지만, 그들은 또 각자 자신의 연구과제 앞에서 마찬가지로 애를 태우고 있을 것이다.

누구의 도움도 받을 수 없이 혼자 살아남아야 하니, 사막이나 망망대해와 다를 바 없다. 멀리 떨어져 있기도 하지만, 내가 할 수 있는 것이라곤 아들의 홈피에 들러 사랑한다는 말 몇 마디 남기는 게 고작이다. 내 삶에서 이제 더는 버틸 힘이 없다고 느껴질 때, 그저 캄캄해서 숨을 쉴 수 없을 때, 나를 일으켜 줄 수 있었던 것은 사랑이었음을 기억하면서.

거의 2년을 준비하며 오래 고심했던 연구가 뜻대로 되지 않아서 몹시 침울해하던 날, 나는 박노해의 '바닥의 시간'을 아들 홈피에 남겨 놓았다.

> 사막의 유목민인 투아레그 사람들은
> 막막한 사막을 낙타를 타고 가다가
> 방향감각을 잃는 현기증이 일어나면
> 곧바로 낙타에서 내려 모랫바닥에 드러누워
> 자기 겉옷을 이불처럼 얼굴까지 뒤집어쓴다.
>
> 멈춤, 깊은 잠, 어둠, 침묵
>
> 그 바닥의 시간이 그로 하여금
> 다시 중심을 잡아 일어서게 한다.
> — 「바닥의 시간」 전문

사막에서 태어나 유목 생활로 온 삶을 살아가는 사하라사막의 투아레그 사람들. 그들은 사막에서 길을 잃거나 우물을 찾고자 할 때, 별과 은하수로 방향을 잡고 그들만이 아는 대지의 아주 작은 맥박에도 극도의 주의를 기울여, 어떤 신호의 안내를 받는다고 한다. 그러니까 멈춤, 깊은 잠, 어둠, 침묵은 생명의 신호를 받기 위한 그들의 생존법이다.

투아레그 부족에게는 '서두르는 사람은 죽은 사람이다'라는 말도 있다. 자신에게 주어진 삶을 관조할 시간도 없이 소멸을 향해서 내달리기만 하는 사람이기 때문이란다. 인내심을 통해 시간에 머무르는 법을 아는 사람들이다. 스쳐 지나는 순간만으로도 매우 풍요로운 시간을 만들어낼 줄 아는 투아레그 사람들.

아들에게 주절주절 덧붙였다. 지금의 시간을 바닥이라고 생각한다면, 벗어나려고 너무 애쓰지만 말고 잠시 그대로 놓아두라고, 때론, 아무 생각도 하지 말고 시간이 흘러주기를 기다리라고, 그러노라면 아무리 애를 써도 찾아지지 않던 길이 보일 수도 있을 거라고, 그리고 분명히, 지나쳐 온 이 시간을 아름답게 회상하며 그리워하는 훗날이 찾아올 것이라고,

암 투병으로 바닥의 시간을 경험해보니, 그 절망의 시간이 생명의 신호를 받을 수 있는 축복의 시간으로 찾아왔음을 알게 되었다. 몸도 낮추고, 마음도 낮추고, '나'의 전부를 한없이 낮춘 상태에서 침잠하듯 깊은 어둠 속에 침묵하고 있어 보니, 바닥에 누워있던 생각도 일어나고 마음도 일어나고, 몸도 다시 일어나게 되었다.

우리를 인도하는 생명의 신호는 높이 솟았을 때보다 오히려 더는 낮아질 수 없는 바닥에서 더 잘 들린다는 것을 뒤늦게 알게 되었다.

유츄프라카치아

컴퓨터를 켜면, 바탕화면을 가득 채우는 얼굴이 있다. 장난기 넘치는 눈웃음으로 금방 내 가슴에 그리움의 파동을 일으키는 현민이, 지금 모스크바 미추린스키에서 동생 현송이랑 엄마 아빠랑 살고 있는 외손자다.

지난여름, 딸 수진이는 러시아로 떠나면서 내 컴퓨터 바탕화면에 현민이 사진을 깔아 놓았다. 보고 싶을 때는 국제 전화를 걸지 않아도 소식을 접할 수 있도록 자신의 홈페이지 주소도 알려주었다.

매일, 밤마다 습관처럼 싸이월드로 들어가 모스크바의 기상도를 그려본다. 홈피에 올려진 사진과 글을 보면서 떨어져 있는 아이들의 생활을 가늠해 보는 것이다. 춥고 말도 통하지 않는 러시아, 개방이 되긴 했어도 아직 동토의 땅이라는 인식 때문에 싸이월드를 통해서라도 아이들의 안부를 접하고 나서야 잠이 든다.

한동안 싸이월드에 띄운 수진이의 기상도는 '우울'이었다. 백야가 있는가 하면 오후 서너 시만 되어도 어둠이 깔리는 곳, 햇빛이 절대적으로 부족한 그 음울한 땅에서 '우울'이 찾아오는 것은 어쩌면 당연할지도 모른다. 특히 마음이 여리고 예민하여 새로운 환경이나 인간관계에서 적응 변수가 많은 아이였기에, '우울'이라는 두 글자가 마음에 걸렸다.

문득, 사람의 영혼을 지녔다는 유츄프라카치아를 떠올린다. 아프리카의 깊은 밀림 속에서 사는 음지식물과의 유츄프라카치아. 소량의 물과 햇빛만으로 살아가는 이 식물은, 결벽증 때문에 지나가는 생물체가 조금이라도 몸체를 건드리면, 그날로부터 시름시름 앓다가 죽는다고 했다.

살짝 건드리기만 해도 움츠러드는 신경과민형 식물도 있긴 하지만, 건드림 하나로 죽어버린다니. 수십 년간 이 식물을 연구하면서 많은 유츄프라카치아를 시들어 죽게 했던 한 과학자에 의해서 그 결벽성의 비밀이 밝혀졌다고 했다. 어제 건드렸던 사람이 내일도 모레도 계속해서 건드려주면 죽지 않는다는 사실이.

유츄프라카치아를 생각하면, 지독한 외로움과 결벽증은 같은 코드다. 결벽증이 심해서 아무도 접근하기를 원치 않는다는 것은, 지속적인 관심과 애정을 절대적으로 원한다는 것과 같은 코드일 수 있다. 너무 외로운 존재는, 자신에게 다가오는 다른 생명의 존재를 혼신으로 받아들이는 속성을 지닌다. 그렇게 되면, 내 속에 나는 없고, 그만 있게 된다. 그렇게 될 경우, 나를 지탱하고 유지하는 생명력조차 내 몫이 아닌, 내 안에 차지한 새로운 생명체의 몫이 되어버리는 것이다. 얼마나 절박한 일인가. 자칫 마음을 열면 내가 없어져 버리고, 생명조차 온전히 유지할 수 없으니 무서운 결벽증을 앓을 수밖에 없지 않겠는가.

수진이는 누구보다 사랑을 타는 아이였다. 나는 같은 사랑을 준다고 생각했지만, 언제나 제 남동생보다 수진이가 부모의 사랑에 민감하고 섬세하게 반응했다. 사춘기를 겪으면서 정情에 대해서 결벽증이 점점 심해져, 다루기 힘든 아이로 변해 갔던 것도 홀로서기를 위한 제 나름의 몸짓이었을 것이다.

이러한 수진이의 자아의식을 향한 변화는 우리 내외를 매우 혼란스럽게 했다. 그러나 이 아이가 지탱하는 삶의 힘은 역시 사랑이라는 것을 확인시켜 준 순간이 있었다. 벌써 십일 년 전이다. 원하던 1차 대학 시험에서 떨어졌던 날, 온종일 제 방에서 나오지 않던 수진이가 한밤중 잠옷 차림으로 퉁퉁 부은 눈을 하고 거실로 나왔다.

"엄마! 제가 엄마한테 꼭 불러드릴 노래가 있어요."

그리고 그날, 유치원생처럼 내 앞에 서서 두 손을 맞잡고 부른 노래가 이문세의 〈나는 행복한 사람〉이다.

> 그대 사랑하는 난 행복한 사람, 잊혀질 땐 잊혀진대도
> 그대 사랑받는 난 행복한 사람, 떠나갈 땐 떠나간대도
> 어두운 창가에 앉아 창밖을 보다가
> 그대를 생각해 보면, 나는 정말 행복한 사람

가장 큰 좌절의 순간, 스스로 일어나 행복한 사람이라고 노래를 불러준 아이. 눈물 그렁그렁한 눈으로 웃음을 보이려고 애쓰던 수진이 얼굴은 평생 잊지 못할 예쁜 모습이다. 그 후, 나는 그 노래를 부르지 못한다. 한 소절도 못 가 눈물이 솟구쳐오르기 때문이다.

러시아 발령을 받던 날, 사위는 밤늦은 시간 맥주를 마시면서 오래 얘기했다.

"추위는 크게 걱정 안 해요. 거기도 사람 사는 곳이니까요. 그런데 어머니, 수진이나 애들한테 걱정되는 것은 햇빛 부족이에요."

그 말을 듣는 순간, 난 눈물이 나올 만큼 안심이 되었다. 햇빛 걱정을 하는 사람, 생명에게 있어 햇빛이 무엇인지 알고 있는 사람인데 무슨 걱정인가.

"데려가 얼마든지, 아이들도 수진이도 다 괜찮을 거야."

난 요즈음 강추위가 싫지 않은 이상한 병에 걸렸다. 그리움인지 뭔지 모를 불이 가슴속에서 활활 타고 있는 것 같다. 밖에 나갔을 때 찬 기운이 확 달려들면 시원한 느낌마저 든다. 영하 십 도를 넘어도 혼자 중얼거린다. 겨울은 좀 더 추워도 괜찮아. 러시아에 있는 아이들 때문에 추위와 친해진 것 같다.

얼마 전 아이들 홈피에 오른 사진을 보니, 자작나무 숲속에서 썰매를 타고 있는 꼬마들 코와 뺨이 빨갛게 얼어 있다. 추위가 너무

심하니까 바이러스마저 꼼짝 못 하는가 보다. 이곳에선 걸핏하면 감기 치레를 했는데, 그곳에선 빨갛게 얼어도 감기 치레를 하지 않는다니 신기한 노릇이다.

요즈음, 수진이의 기상도는 '밝음'이다. 1월 첫날부터 보름 동안 온 가족이 이집트 여행을 다녀오더니 여러 가지로 햇빛을 많이 보충하고 왔나 보다. 건강과 밝음을 유지하는 아이들 모습 속에서 햇빛 걱정을 하던 사위의 얼굴을 떠올렸다.

남편은 아직도 수진이와 아이들 모두를 자기가 끊임없이 돌보고, 또 돌봐야 할 유츄프라카치아인 줄 알고 있다.

"여보! 이제 배턴을 넘겼어."

그 순간, 난 그의 눈빛에서 안도감보다 서운함을 더 보았다.

연어

연어였다. 금방이라도 펄떡 살아 움직일 것만 같은데, 내 종아리보다도 길고 튼실해 보이는 몸을 다 펴지도 못하고 작은 아이스박스 속에 J자로 누워있다. 항복의 몸짓으로 은색의 배를 내보이고 있지만, 투지로 퍼렇게 굳은 등허리에선 언제라도 구부려진 꼬리로 바닥을 탁! 치고 튀어 오를 것 같은 저항이 느껴졌다.

평소 난 아주 작은 것들의 숨결에서 종종 감명받곤 했다. 산속을 거닐다 풀숲의 작은 꽃을 보거나, 포르릉 날아가는 작은 새의 날갯짓 등을 보면, 보일 듯 말 듯한 생명으로 이 세상이 경이로움에 가득 찬 것처럼 느껴졌다. 그런데 큰 숨결로 살아가는 것들이 주는 생명의 기운은 작은 숨결에서 받는 경이로움과는 다르게 나를 압도한다.

어림잡아도 60센티는 훨씬 넘을 듯했다. 이미 숨결은 멎었지만, 누워서도 녀석은 그 큰 몸짓으로 항의한다. 드넓은 바다를 누비던 몸이라고, 구부러진 꼬리에 자존심이 상한다고.

먹이사슬의 제물이 되지 않고 완전한 성어로 살아남을 수 있었던 그의 행운에 감격하면서 나는 생각했다. 하필이면 모천회귀母川回歸를 코앞에 두고 강어귀에서 잡혀버린담! 그의 최대 불운을 애도해야 하는지, 즐거워해야 하는지, 잠시 복잡했다. 바다에서의 긴 여행을 끝내고, 산란을 위해 모천을 거슬러 오르기 전, 그러니까 남대천 어귀에서 잡힌 연어가 최상의 맛이라는 말을 들었던 터다.

즐겨 찾는 패밀리 레스토랑에서도 가장 먼저 접시에 담아오는 것이 훈제연어였다. 비린내도 별로 없고, 향긋함마저 느껴지는 그 부드러운 붉은 속살을 보면 언제나 식욕이 당기곤 했다. 한 번의 식사 분량만큼씩 포장 판매하는 것을 종종 사서 먹긴 했지만, 이렇게 당당하게 온전한 모습을 대하긴 처음이다.

매주 월요일마다 나가는 인천의 수필반 회원 한 사람이 속초로 주말여행을 떠나는 중에 "연어알 잘 가져와서 맛나게 익으면 나눠드릴게요. 우리 가족이 겨우내 행복해하면서 먹어요."라고 문자를 보내오더니, 알은 나중이고 우선 구해온 연어 몇 마리 중, 하나를 나에게 전해준 것이다. 알맞은 크기의 아이스박스를 구하려고 시장을 몇 바퀴 돌다가 수업에도 늦었단다. 제 크기의 아이스박스를 구하려면 연안부두까지 가야 한다기에 할 수 없이 버섯 박스를 얻어 담았노라고, 옹색하게 누워있는 연어의 사연을 설명했다. 가을날, 물고기 한 마리가 내 가슴을 얼마나 뛰게 하던지 집으로 향하는 차 속에서 페달을 밟고 또 밟았다.

"연어라는 말속에는 강물 냄새가 난다."라고 안도현은 말했지만, 눈앞에 누워있는 연어에게서 나는 시간의 냄새를 맡는다. 우리의 3~4년은 잠깐이지만, 지금 이 녀석에게선 우주를 다 헤매다가 온 세월의 냄새가 났다. 오늘 같은 가을날, 물살마저 졸고 있는 남대천 어느 여울에서 알이 되어 태어났을 그 생명의 시작부터, 한겨울을 지나 봄에 부화하여 남대천 물살을 타고 바다로 향했을 수천수만 치어들의 빛나는 행렬, 그리고 그들이 헤엄쳐 다녔을 알래스카의 차고 푸른 바다까지.

그들은 왜 태어난 강을 버리고 바다로 갈까. 그리고 망망한 바다를 헤매 돌다가 어떻게 길을 찾아 모천으로 돌아오는 걸까. 모천에 대한 기억은 어디에 숨어 있으며, 알래스카, 그 먼바다까지 나갔다가도 어김없이 돌아올 수 있는 절대적인 방향 감지 능력은 어떻게 지닌 것일까. '연어'라는 말속에는 너무나 신비한 의문부호들이 숨어 있다.

연어의 몸속에 숨어 있는 의문부호들을 알게 되면, 내 삶의 의문부호도 좀 풀게 되려나? 어디서 왔는지, 또 어디로 가고 있는지, 왜 또 그렇게 가야 하는지, 이 나이가 되도록 참 막연한 생각으로 살아왔다. 문득 그런 물음들 앞에 서게 되면 언제나 '좀 더 있다가 생각할 거야. 당장 급하지 않으니까' 그렇게 회피해 왔었다. 당장 풀어야 할 잡다한 것들로 항상 골치가 아프기도 했으니까.

그런데 다급한 일이 발생했다. 나하고는 상관없다고 믿어버렸던(지금도 그렇게 믿어버리고 싶다) 아주 먼 훗날에야 올 줄 알았던 회항의 신호가 느닷없이 내게 떨어진 것이다. 모든 시간에 비상이 내려졌다. 여기가 어디쯤인가. 주변을 두리번거릴 사이도 없이, 키를 돌려 모천을 향해 가야 하는데 난, 내가 헤엄치고 있는 바다가 어디쯤인지, 또 모천이 어느 방향인지도 가늠하지 못하겠다.

깜빡깜빡 생명 센서에 비상등이 켜지고, 칠흑 같은 어둠뿐인 바다에서 나아가지도 주저앉지도 못하고 우물쭈물하는 사이, 하늘에선 몇 번씩 뇌성벽력이 지나갔다. 무서움이 뭔지 비로소 알 것 같다. 내가 무서움을 처음 알았던 것은 첫아기를 출산했을 때였다. 어떤 순간에도 지켜줘야 할 생명이 있다는 것, 그런데 지금은 내 생명을 지켜내는 것이 버거워서 떨고 있다. 모천을 알지 못하는 무지함 때문에 그 떨림은 몇 배나 힘들다.

물고기 한 마리도 자기가 돌아가야 할 곳을 알아 수만 리 떠나왔다가도 그 길을 정확히 찾아가는데, 천억 개의 뇌세포를 가지고 있는 인간, 내가 생명의 모천을 인지하지 못하다니…. 되돌아올 수 있을 만큼 헤엄쳐야 했건만, 욕심으로 너무 멀리 나왔나 보다. 기억장치엔 오류가 걸려있고, 갈 길은 바쁜데 지느러미는 지친 상태다.

더는 의문부호들을 미룰 수가 없어서 끌어안고 지낸다. 연어에게 주신 모천회귀의 생명력과 그 초유의 감각기능, 틀림없이 내게

도 입력되어 어딘가 저장시켜 놓으셨을 것이다. 무사 회귀하기엔
너무 무거워진 나를 하나하나 덜어내다 보면, 생명의 파장을 따라
모천으로 가고 있는 나와도 만날 수 있지 않을까. 어느 햇살 좋은
가을날에 힘차게 물살을 거스르며….

삭발

머리를 다듬고 싶어 오늘은 만사 제쳐놓고 미용실을 찾았다. 파마한 것이 엊그제 같은데, 어느새 덤불처럼 웃자란 모양새다. 계속 이어지는 폭우와 폭염에 지친 탓인지, 부스스한 머리가 더욱 무겁게 느껴지는 터였다.

미용사의 유연한 손놀림에 머리를 맡기고 앉았는데, 문득 거울 속에 한 얼굴이 겹친다. 2년 전 여기 이 자리였다. 머리카락을 모두 밀어내고 하얀 머리통을 드러낸 동자승 같은 모습이다. 머리 속살이 신체 어느 부위보다도 하얗다는 것을 그때 처음 알았다. 삭발한 머리통이 전등 불빛 아래 눈부시게 드러나자, 미용실 안엔 갑자기 침묵이 흘렀다. 조금은 한적한 시간이어서 그나마 다행이랄까. 어느 사람도 아~ 하는 신음조차 내지 않았다. 나도 아무렇지도 않은 듯, 그러나 인사는 해야 했다. 세상에 처음 모습을 드러낸 생소한 내 얼굴에. '괜찮아~' 눈으로 말을 걸며, 입꼬리를 올리고 웃었다.

3부(2000~2010)

삭발까지는 하지 않으려 했었다. 버틸 수 있을 때까지는 버텨 봐야지 하고, 단단히 마음먹고 있었다. 그러나 그 결심은 단 하루 만에 무너지고 말았다. 첫 항암 주사를 맞은 후, 꼭 14일 되는 날부터 머리카락이 빠지기 시작했다. 모근 부위가 스멀거리는 것 같아 머릿속으로 손가락을 밀어 넣어보면, 기다렸다는 듯이 머리카락들이 어깨와 등으로 떨어져 내렸다. 누웠다 일어나면, 베개와 그 주변이 검은 머리카락들로 정신이 없었다. 더 끔찍스러운 것은 목욕탕에서였다. 머리를 감고 나니, 오골계라도 한 마리 잡은 것 같았다. 머리카락의 1/3이 빠져버린 듯했다. 그다음 날은, 강의가 있는데 당장 큰일이었다. 딸아이에게 부탁해 백화점에서 모자 하나를 사 오게 하였다.

검은색 투피스에 베이지색 모자를 쓰고 강의하러 갔다. 달려가던 삶에 급제동이 걸렸으니 모든 것에서 물러나야 했지만, 한 달에 두 번 나가는 강의 하나만은 계속하기로 하였다. 투병의 시간이 너무 지루할 터이니, 하나쯤은 붙들고 있으라는 주변의 권유를 받아들였다.

온몸이 통증으로 들끓고, 편도선이 부어올라, 고통 속에 신음하며 불면의 밤을 보냈다. 그런데 어디서 그런 힘이 솟는 것일까. 강단에 서니, 통증도 병도 잊어버렸다. 하나쯤 붙들고 있기를 잘한 것도 같았다. 강의 초반, 교재를 나눠주느라 의자 사이를 몇 걸음 옮기는데, 나의 투병 사실을 유일하게 알고 있는 반 대표가 내 어깨에

붙어 있는 머리카락을 슬그머니 떼어내 준다. 검은색 옷이니 망정이지, 민망한 모습을 보일 뻔했다.

그날 집에 돌아오자마자, 거울 앞에 섰다. 머릿속이 궁금하여 모자를 벗고, 열 손가락으로 머리를 훑어보았다. 추풍낙엽이라고 했던가. 손이 닿는 것이 무서울 지경이었다. 더는 삭발을 미룰 이유가 없었다.

그렇게 삭발한 머리로 계절이 세 번 바뀌었다. 항암 주사를 맞고 있는 내내 나의 머리통은 솜털조차 찾아볼 수 없는 하얀 속살인 채로 반질거렸다. 거울 앞에 서면, 특히 반신욕을 하기 위해 욕조에 물을 받으며 나신으로 서 있으면, 2차 대전 당시의 나치 포로수용소에 서 있는 듯 착각이 들 때가 많았다. 맹장 수술 자국도 없던 몸뚱이에 투병의 상처와 흔적이 뿌연 불빛 아래서 흔들렸다. 어디로 끌려갈지 몰라 겁먹고 있는 거울 속의 포로, 언제 저당 잡힌 생명을 잃게 될지 몰라 떨고 있는 그 포로에게 난 언제나 '괜찮아~' 눈인사를 건넸다.

매일 몇 차례씩 거울을 보면서도 매번 섬뜩하고 생소했던 거울 속 모습, 그 낯선 모습에 익숙해지는 데 많은 시간과 생각이 따라왔다. 거울 속 저 사람은 누구인가, 거울 밖에 서 있는 나는 도대체 무엇과 힘겨루기하고 있는가, 거울 속 낯선 이가 조금씩 친근하게 느껴지는 것과 비례하여 나는 무너짐에 대해서도 점차 익숙해져 갔다.

완벽하게 무너지기. 투병은 거기서 일어나는 연습이라고 할까.

아니 투병은, 완벽하게 무너질 줄 아는 또 하나의 일어섬 같다. 한 세상 살아오면서 너무나 보잘것없는 작은 것들에 목숨 걸듯 열중했으며, 그래서 상처받으며 살았다. 낙법을 몰랐다. 쓰러지지 않고 서 있는 것만이 아름다움인 줄 알았다. 쓰러지지 않겠다는 오기와 강박관념으로 한세상을 살아왔다. 그런데 이쯤에서, 누군가가 나에게 일러주신다. 무너짐에도 아름다움이 있다는 것을. 맡길 줄 알아야 한다고. 버티려 하면 할수록 더욱 힘들어지니까 힘을 빼라고. 엄마 품에 안겨 있는 어린아이처럼 모든 것을 맡기고 힘을 풀면, 한없이 편안해지는 세상살이라고.

오기와 자존심을 거둬낼수록, 낯설기만 했던 시간은 감사의 시간으로 바뀌어 갔다.

거울 속의 낯선 이도 다시 보이기 시작했다. 너무 나약해서 가여운, 그저 작은 생명이었다. 산길에서 마주치는 이름 모를 풀꽃 같은, 연민 어린 생명일 뿐이었다. 한없이 작아지고, 낮아지는 것이 편안하고 좋음을 뒤늦게 알게 되었다.

남은 날을 주신다면, 오기가 아닌 참된 용기로 살아가야지. 내 것인 게 하나도 없는 세상에, 집착은 뭐가 그리 많았는지.

더는 삭발이 낯설지 않았고, 부끄럽지도 않았지만, 오가며 당황해하는 눈길들이 부담스럽고 귀찮아서, 외출할 때는 가발을 쓰고 다녔다.

모든 항암치료가 끝나고, 한숨 걸러 방사선 치료를 시작할 무렵부터 내 머리, 민둥산에서 변화가 일기 시작했다. 얼굴과 머리통과의 경계가 없던 그 무렵에 나는 욕실에서 세수할 때마다 머리통에도 비누칠하고 씻어 내렸다. 그런데 어느 날인가부터 까칠한 기운이 손끝에 감지되었다. 아, 그 순간의 놀라움이란! 항암 주사의 독성으로부터 자유로워진 세포들이 숨을 쉬기 시작하는구나. 솜털 같은 머리카락들이 세상을 향해 빠끔히 고개를 내밀고 인사를 하는 것이다. 그로부터 매일 매일은 생명의 신비가 내 안에서 벌어지고 있음을 눈물겹게 지켜보는 나날들이었다.

투병을 시작한 지 근 1년이 넘어갈 무렵부터는 강아지 털만큼 머리카락이 만져졌다. 아직 여인의 맵시 있는 머리 모양새를 갖추기엔 덜 자란 상태지만, 난 가발을 벗어 던지고 자연산 모발인 채로 외출하였다. 그리고 묻지도 않는데, 어린아이처럼 자랑을 참을 수가 없었다.

"이거, 제 머리예요. 만져 보세요. 얼마나 신기한지."

거실 소파에 비스듬히 앉아 있던 하얀 머리통. 입꼬리는 올린 채 웃고 있었지만, 어딘지 눈물이 느껴지던 그 삭발한 사진을 한 장만이라도 남겨 뒀어야 했는데 그러질 못했다. 딸아이가 찍어서 컴퓨터에 저장시켜 놓았지만, 어느 날 컴퓨터 고장으로 하드에 있던 모든 자료가 다 날아갔기 때문이다. 그렇게 고통의 날들은 날아갔다.

"머리숱도 많아지고, 머릿결도 예전보다 참 좋아요."

손질을 끝내며, 내 삭발의 역사를 알고 있는 미용사가 한마디 했다. 거울 속엔 윤기 흐르는 검은 머리의 내가 웃고 있다. 그러나 아무도 모른다. 거울을 볼 때마다 삭발의 내가 웃고 있는 것을. 쑥쑥 자라는 머리카락 사이로 삐죽 올라오는, 부질없는 망상들을 솎아 내고, 마음 밭 다듬는 재미로 웃고 있는 것을.

공항에서

아이들에게로 날아가는 꿈을 참 많이도 꾸었다.

해마다 봄이 오면 민들레꽃이 지천으로 핀 들판에서 화환을 만들어 머리에 쓰고, 여름이 오면 울창한 자작나무 숲에서 숯불에 고기를 구워 먹으며 샤슬릭 피크닉을 즐기는 아이들. 가을은 오기 바쁘게 지나가 버려서인지 딸아이 홈피엔 눈 쌓인 자작나무 숲에서 썰매를 타는 현민, 현송이 모습이 어느새 올라와 있곤 했다.

모스크바로 발령이 난 사위를 따라 딸아이가 모스크바로 떠난 것이 엊그제 같은데, 벌써 5년이 흘러버렸다. 한번 다녀가시라는 아이들의 청을 계속 미뤄왔다. 투병의 후유증으로 척추통증이 극심해서 아홉 시간이나 걸리는 비행을 감당할 자신이 없었기 때문이다. 올해 들어서는 체력이 좀 살아나는지 몇 시간 차 안에 앉아 있는 것도 견딜 만해서, 이번 여름은 모스크바로 날아가 아이들과 함께 보내기로 작정했다.

3부(2000~2010)

떠나는 일이 참 쉽지 않다. 한 달 동안이나 집을 비우려 하니, 우선 올봄부터 키우기 시작한 강아지 문제가 가장 난감했다. 동물병원에 맡기려니 작은 철창 속에서 보내야 할 녀석의 한 달이 너무 길었다. 비자 신청을 하면서도 내내 마음을 끓였는데, 마침 가까운 친구가 기꺼이 맡아주겠노라고 하여 겨우 시름을 덜었다. 화초 물주기, 우편물 수령 등 신경 쓸 일이 소소하게 많았다. 앉은 자리를 잠시 비우려 할 때도 이리 걸리는 것이 많은데, 아주 비워줘야 할 때는 얼마나 힘겨울까.

이 일 저 일로 피로가 겹쳤는지 숨쉬기도 힘들 만큼 옆구리에 담이 왔다. 그래도 마음은 부풀었다. 손꼽아 기다리는 아이들을 생각하며 백화점으로, 농수산물센터로, 서점으로 발길이 분주했다. 물품목록을 점검하고, 또 점검하면서 가방도 몇 번이나 다시 쌌다. 한 가지라도 더 가져다주고 싶어 허용된 짐 무게를 맞추느라고 가방 몇 개에 물건들을 넣다 꺼냈다 반복했다.

드디어 인천공항이다. 탑승수속을 끝내고, 여행자보험을 들기 위하여 국내 굴지의 보험회사 창구 앞에 섰다. 친절한 미소로 우리를 맞이한다. 여행 일정과 여행목적 등에 맞춰 상담하고, 보험약정서를 쓰려고 하는데, 지나가는 말처럼 빠르게 묻는다.

"최근 몇 년 사이에 혹시, 큰 수술을 하셨던가, 병원 치료를 받으신 적 있으신가요?"

당연히 아니겠죠? 라는 얼굴이다. 순간 당혹감에 숨이 멎는 줄

알았다. 아가씨의 말이 채 끝나기도 전에

"그럼, 안 되나요?"

내 얼굴에서 웃음기가 확 사라지는 것을 보고 상대방도 웃음기를 거두고 물어본다.

"무슨 병명인지 여쭤봐도 되겠습니까? 몇 년도에, 어떤 치료를 받으셨는지?"

죄인도 아니고 청문회장도 아닌데 숨김없이 또박또박 대답을 해 줬다.

"손님, 죄송합니다. 안 되는데요."

여행자보험이라는 것이, 비행기 사고가 생기던가, 짐을 잃어버리던가, 길을 잃던가, 강도를 당하던가, 아무튼 그런 경우를 대비하여 드는 보험인 줄 알았는데, 아닌가 보다.

"죄송합니다. 손님!"

현기증이 일고 아득해졌다. 사력을 다해서 기어오르는 중인데, 네가 있을 자리는 벼랑 아래라고 못을 박는다. 성격 급한 남편은 얼굴이 화끈 달아오르는가 싶더니 어느새 하얗게 질려있다. 거친 숨소리를 내며 항의하려는 걸 내가 말렸다. 정해진 약관이 그렇다는데, 어쩌란 말인가. 그래도 투병 기간 5년이 지난 뒤에, 완치판정을 증명하는 담당 의사의 서류가 첨부되면 가능할 수도 있다고 아가씨가 미안한 듯 토를 달아 준다.

남편은 툴툴거리며 나를 외국 보험사 창구로 데리고 갔다. 이번엔 먼저 병력부터 밝혔다. 더 이상 상대할 필요가 없다는 듯 곧바로 '죄송합니다. 손님!'이 튀어나왔다. 이쪽은 완치판정이란 말은 약관에도 없는지, 그저 생글생글 웃는 얼굴로 '죄송합니다, 손님!'만 앵무새처럼 반복했다.

당신이 안 된다면 나도 필요 없다면서 화가 나 있는 그를 사내아이 구슬리듯 설득했다. 사람 일이란 한 치 앞을 모르는 거니까. 만에 하나라도 불상사가 생길 경우, 둘 중 한 사람만이라도 보장받아 두어야 아이들도 덜 힘들 거 아니냐고 그를 떠밀었다. 떨떠름함을 온몸으로 드러내며 마지못해 약정서를 작성하고 있는 그를 몇 발짝 뒤에서 바라보고 있었다. 나 홀로 지구 밖으로 밀려나 있는 느낌이었다.

출국장으로 들어서며 가방 속을 확인했다. 얼마간의 돈이 든 지갑, 여권, 비행기 표, 수화물 짐표, 남편의 보험약정서 등~. 모두 있는데, 하나가 확인되지 않았다. 수하물 짐만큼의 보장도 받지 못한 내 목숨값. 저울질조차 거부당한 목숨값이다. 목숨값은 한 냥도 마다하는데, 마음이 만 냥 무게로 가라앉았다. 이런 무거운 나를 태우고 창공을 날려면, 비행기 삯을 더 받아야 한다고 우겨도 할 말이 없다.

문득 그 소리가 들려왔다.
'못 건널 강을, 이미 건너버린 사람~'

언젠가, 암 환자를 가리켜 누군가 내뱉던 말이었다.

귓속이 먹먹했다. 비행기 이륙 전부터 시작된 이명은 모스크바 땅에 나를 내려놓을 때까지 계속되었다. 며칠 후, 모스크바에서 뮌헨으로 여행을 떠났을 때도 날아가고 날아오는 하늘길에서 예외 없이 귓속이 먹먹했다. 그리고 또 모스크바에서 한 달을 살고 돌아오는 하늘길에서도 내내 귓속이 어지러웠다. 그랬는데, 인천공항에 내려서는 순간 거짓말처럼 이명이 한꺼번에 뚝 멈춰버렸다.

내 귓속에서 한 달을 울어대던 매미란 놈이 어느새 떠난 모양이었다.

소풍 한번 잘했나?

하늘이 짓궂다. 유월인데 느닷없이 진주알만 한 우박을 쏟아붓기도 하고, 한낮에도 갑자기 캄캄한 어둠을 내려 두려움에 떨게도 한다.

벌써 보름 가까이 이어지는 불온한 날씨에 마음마저 갇혀 있어, 휴~ 긴 숨을 자꾸 토하게 된다. 책을 보아도 글이 겉돌고, TV의 예능프로를 보아도 웃음이 나오지 않는다. 긴 투병 기간 내내 듣고 또 들었던 음악을 틀어놓아도 감흥이 없다. 답답하다.

'산다는 것은 매 순간 얼마나 황홀한 몰락인가.' 노래한 시인도 있건만, 시간은 멈춘 듯 느린 걸음이고, 늘 같은 얼굴로 반복되는 일상에 내 삶의 공간은 온통 무채색이다.

마침내 비를 몰고 왔던 구름의 여세가 꺾였는지 모처럼 개인 오후, 서둘러 한강시민공원으로 차를 몬다. 이촌동 거북선 앞 주차장에 차를 세우고 강가에 서니 폭우로 몸이 불은 황톳빛 강물이 도도

한 얼굴로 나를 맞는다. 비릿한 강물 비린내도 풍기지 않는다.

산책로를 따라 걸음을 옮기기 시작한다. 강물을 거스르는 동쪽 향이다. 적당한 습기를 품어 안고 달려드는 바람의 감촉이 좋아 준비해 간 모자도 쓰지 않는다.

그저 시원한 바람을 쐬고 싶어서 강가를 찾았을 뿐인데, 누군가가 나를 위해 깜짝 이벤트를 준비해 놓은 것처럼, 물가 둔덕엔 온갖 색의 꽃들이 피어있다. 너른 영토를 차지하고 노란 물결을 이룬 금계국, 하얀 물결로 너울거리는 망초, 초록색 들판을 배경으로 별처럼 깔린 별노랑이, 화려한 얼굴로 도드라지게 고개를 내밀고 있는 거베라. 언제 보아도 정겨운 패랭이, 수레국화, 끈끈이대나물, 양지꽃, 데이지, 벌개미취, 쑥부쟁이.

무채색 하늘 아래여서 오히려 더 색감이 살아난다. 같은 토양 속에 뿌리내리고 습기를 끌어올리면서도 어떻게 저마다 다른 개성으로 자존을 나타내는지 정말 신비롭다. 함께 어우러져 있어서 더욱 빛나고 예쁜, 자유롭게 피고 지는 생명들이다. 토종과 수입종이 섞여 있을 텐데 영토권 시비도 없어 보인다. 지구라는 별에 함께 뿌리내린 처지임을 겸손하게 받아들인 모양새다.

모진 비바람에도 꺾이지 않고, 야생의 들녘을 온통 생명의 환희로 채우고 있는 꽃들이 예뻐, 강바람도 수면 위로 돌아갈 생각이 없는지 끊임없이 그들의 전신을 흔들어대며 희롱하고 있다. 그들과 동화되어 어느새 나의 시간과 공간도 유채색으로 바뀐다.

오늘도 강변의 자전거도로엔 수많은 사람이 은빛 바퀴들을 굴리고 있다. 두 개의 은륜이 굴러가는 풍경은 언제나 정겹다. 난 그들을 비켜 걸으며, 유하의 시로 마음속에 無의 페달을 밟는다.

> 놀라워라, 바퀴 안의 無가 나로 하여금
> 끊임없이 희망의 페달을 밟게 한다.
> 바퀴의 내부를 이루는 무가
> 은륜처럼 둥근, 생의 노래를 부르게 한다.
> 구르는 은륜 안의 무로
> 현현한 하늘이, 거센 바람이 지나간다.
> 대붕의 날개가 놀다 간다.
>   -「無의 페달을 밟으며」에서

비어 있음이 새삼스럽게 편안해진다. 시를 읊으며, 길게 들숨을 쉬어본다. 신선한 공기가 폐 속 가득 차오르는 느낌이다.

잠수교 가까이에 이르니, 다른 때처럼 군데군데 강태공들이 앉아 낚시하고 있다. 물비늘로 번들거리는 수면에 시선을 두고, 정물처럼 앉아서 그들은 무엇을 낚는 것일까. 한 사람 곁으로 다가가 본다. 궁금해하는 나에게 강물 속에 있던 그물망을 들어 올려 보여준다. 40센티가 넘는 붕어다. 평생에 한 번 낚을까 말까 하는 대어란

다. 보일 듯 말 듯 빙긋거리는 강태공의 웃음을 뒤로 하고, 다시 오던 길로 걸음을 옮긴다.

그런데, 내 가슴속에서도 찌르르 찌가 움직인다. 그 움직임 끝에서 '감사함'이란 단어가 고개를 내민다.

'아직 살아있네, 내가.'

삶의 시간과 공간이 무채색이라고 투덜댈 만큼 어느새 건강해졌단 말인가. 생명의 강물 속에서 좀 더 헤엄칠 수 있도록 유보해 주신 분의 마음도 깜빡 잊은 채….

문득 누군가가 내게 빙긋 웃음을 던지며 말을 걸어온다.

"소풍 한번 잘했나?"

센다이의 잠 못 드는 밤

여행은, 호흡 고르기 시간이다. 삶이라는 항아리를 채우려고 들숨만 가쁘게 쉬다가, 가끔 토해내야 할 것이 있어 날숨을 크게 쉬어야 할 때, 있던 자리를 잠시 비켜나는 일이 필요하다. 지난봄 '수필문학진흥회'에서 떠난 일본 문학기행도 날숨을 위한 호흡 고르기 시간이었다.

그 무렵 난 헛된 상념 때문에 불면증으로 시달리고 있었다. 잘못 쉰 들숨 하나가 온통 항아리 전체를 어지럽히고 있어 고심하는 중이었다. 잘못 쉰 들숨은 독이 된다는 것을, 시행착오를 겪은 후에야 알게 되니 딱할 노릇이다. 숨을 가릴 수 있는 분별력은 언제나 갖게 되려나.

떨쳐버리려 하면 할수록 더욱 끈질기게 매달려 있는 그것을 낯선 이국땅에 가면 쉽게 떨쳐버리고 올 수 있으리란 엉뚱한 기대를 안고 있었다.

그런데 나의 이 버림에 대한 음모를 내 속에 끈질기게 버티고 있던 상념이 먼저 눈치를 챘는지 여행을 떠나기 이삼일 전부터 몸에서 이상 반응이 일어났다. 온몸이 쑤시고 미열이 나고 목 안이 붓고 기침과 함께 가래가 쏟아졌다. 마치 그렇게 버리고 싶은 대로 순순히 버려지지는 않을 것이라는 듯.

그렇게 감기 몸살을 앓으면서 일본 땅에 내려섰다. 버리는 것은 어떻게 해야 하는가. 한 번도 버려보지 못한 사람처럼 처음 얼마 동안은 막막한 느낌이었다. 그러다가 어느 순간, 풀어주어야 한다는 생각이 들었다. 떠나지 않는 것이 아니라, 붙들고 놓아주지 않는 것인지도 모른다고 생각하면서 놓아주자, 상념의 끈을 풀어주자 마음먹었다.

좋은 글을 쓰려면, 되도록 많이 보고 들으며, 생각도 많이 할수록 도움이 되겠지만, 난 일본 여행의 테마를 '날숨을 위한 풀어놓기'로 혼자 정한 터라 무엇이든 애써 붙들지 않기로 했다. 비워낼 수만 있다면 머릿속이든 가슴속이든 텅 비우고 싶었다.

해박한 지식으로 일본의 근대사와 우리나라와의 관계, 작가의 배경 등을 설명해 주고 있는 안내자. 그의 말을 낱낱이 메모하고 있는 사람을 따라 무의식적으로 메모 수첩을 꺼내 들었다가 도로 집어넣었다. 모든 의식을 풀어놓기로 해놓고 이 무슨 강박관념인가. 들려오면 듣고, 또 보이면 보고- 항상 집중하고 긴장하면서 또렷하게 깨어 있어야 하는 신경들을 강박증에서 벗어나게 해주고 싶었다.

의식을 풀어놓고 있으니 자유롭다는 느낌이 들었다. 들에 핀 한 송이 꽃처럼, 하늘을 나는 작은 새처럼, 작아지고 가벼워지는 것 같았다. 그래서 '은하철도 999'의 작가인 '미와자와 겐지'의 동화마을에서는 어린아이가 되어 팔랑팔랑 뛰어다닐 수 있었고, 또 '다카무라 코다로' 기념관에서는 '코다로'의 기막힌 사랑을 받았던, 실성한 아내 '지에코'처럼 실실거리며 백치 웃음을 웃을 수 있었다.

그래도 마냥 팔랑거리거나 실실거린 것만은 아니었다. 27세에 폐결핵으로 요절한 정한情恨의 시인 '이시가와 다쿠보쿠' 기념관에서는 그의 생이 서럽고 저려오더니, 아픔이 전이되기라도 한 듯, 다시 미열이 나고 가래가 쉴 새 없이 토해졌었다.

그리고 마지막 날, 센다이의 자랑거리인 길이 백 미터의 초대형 관음상을 관광하고 바로 그 옆에 위치한 뉴월드호텔에서 여장을 풀었다. 밤늦은 시간, 숙소인 613호실로 돌아와 커튼을 여는 순간, 오후에 보았던 대관음상의 왼쪽 옆면 모습이 눈앞에 우뚝 서 있었다. 너무나 가까운 거리였다. 어두운 밤하늘을 배경으로 신비한 광채를 흘리며 서 있는 대관음상의 거대한 흰빛 몸매에 압도당해 그만 숨이 멎는 듯했다.

순백의 부드러운 선을 따라 머리끝에서부터 훑어 내리기 시작했다. 얼굴, 어깨, 가슴, 그리고 그 가슴 높이로 치켜올려 여의주를 쥔 오른손. 그리고 또 편안하게 내린 감로수병을 쥔 왼손. 아 그런데,

어쩌자고 왼손은 저 하초下焦의 중심 지점에 놓여 있단 말인가. 당장이라도 그 내용물을 쏟아부을 듯, 눕혀서 들고 있는 저 호리병의 주둥이는 어쩌자고 남근의 모양새를 꼭 닮은 채, 쑤욱 뻗쳐 나와 있단 말인가.

시선의 각도와 적당한 어둠이 빚어내는 엄청난 착시 현상이었다. 정면에서 바라보았을 때는 상상조차 할 수 없는 일이었다. 바로 측면 아래쪽에서 바라보니 이건 마치 소피라도 보려는 듯, 자신의 페니스를 잡고 있는 거대한 남성의 모습이 아닌가.

감로수 병이라고 하더니…. 내친김에 상상력이 발동을 걸기 시작했다. 지혜를 준다는 감로수, 목마른 생명들의 갈증을 풀어준다는 감로수, 자비의 상징인 관음상은 어떤 감로수로 자비를 베푸는가. 지혜는 어디에서 오고, 자비는 어디에 그 원천을 두고 있는 것일까. 결국, 삼라만상에게 있어 최상의 자비는 생명이 아닌가. 생명, 그것은 또 어디에서 오는가. 그 뿌리는 어디인가.

난 다시 또 어둠 속에 빛을 흘리고 서 있는 거대한 남성, 대관음상을 바라보았다. 어쩌면 착시가 아니고 실상을 보고 있는지도 모른다는 생각을 했었다. 그렇다면, 내 어찌 저 생명의 상징인 위대한 남성, 대관음상과 이 밤을 함께 하지 않으리. 생명, 자비, 지혜, 많은 화두를 던져가며 그 밤 내내 작은 생명인 나는 큰 생명의 숨결, 대관음상이랑 함께였다.

그러나 한시도 떨어지지 않고 곁에 있었던 룸메이트조차 대관음상이 밤새 613호실에 있었던 것은 알지 못한 눈치였다.

다음 날, 일본을 떠나려고 공항에 이르자 웃음이 나왔다. 아주 은밀하게, 무슨 보물 하나를 훔친 기분이 이런 걸까. 그런데, 걸음은 또 왜 이리 날아갈 것만 같은가. 자비와 지혜의 샘물인 감로수로 내 안에 가래처럼 끈끈히 달라붙어 있던 상념이 다 씻겨졌단 말인가. 그 어느 때보다 가벼워진 느낌이었다.

한국 땅을 떠나면서 그토록 토해내고 싶어 했던 날숨이었는데, 어느새 난 빈자리에 들숨을 쉴 준비를 하고 있었다.

저 까치는 댁에서 기르는 까친가요?

어머니에게서 들은 이야기가 있다.

옛날에 말주변이 없기로 유명한 어떤 사람이 있었다고 한다. 하루는 친지가 상을 당해 문상을 하러 갔는데, 도무지 무엇이라고 해야 좋을지 적당한 말이 떠오르지 않는 것이다. 입을 꾹 다물고 있다가 그냥 나올 수만은 없어서 상주에게 건넬 말 한마디 찾느라고 고심하고 있는 사이에 다른 조문객들은 하나둘 돌아가고 결국 그 사람만 남게 되었더란다.

그때까지도 입을 열지 못하고 있었지만, 더 앉아 있기도 뭣해서 일어서서 나오려는데 댓돌 위에 자기의 신발만 달랑 놓여있는 게 아닌가. 그러자 그는 신발을 신으며 대뜸 한마디 했다.

"에끼! 나쁜 사람들! 자기들 신발만 다 신고 가고, 내 신발만 이렇게 남겨 놨군."

한마디 하니 속은 좀 후련했으나, 순간 말을 잘못한 것 같아 마당에 내려서서도 찜찜한 마음에 선뜻 대문을 나서게 되지 않았다.

그때 마당 한편에 있는 감나무 가지에서 까치 우는 소리가 들렸다. 그러자 그는 다시 까치를 가리키며 따라 나온 상주에게 또 한마디 했단다.

"저 까치는 댁에서 기르는 까친가요?"

길을 걷고 있을 때나 전철 속에 앉아 있을 때, 문득 말주변 없는 그 사람의 이야기가 떠오르면 어디선가 까악~ 까악~ 까치 우는 소리가 들리는 것 같아 혼자 실실거린다. 두고두고 생각해도 밉지 않고, 애교스럽기까지 하다.

아주 오래전에 있었던 일이다. 지금도 마찬가지이지만 세상만사에 미숙하기만 했던 시절, 특히 애경사에서의 처신이 가장 어렵게 느껴지던 나이였다. 위의 문상객처럼 나도 무슨 말이건 해야 한다는 강박관념에 사로잡혀 있었다.

국내 학계의 명망 있는 어느 선생 댁 혼사 날이었다. 선생 자녀분 중 첫 혼사라서 예상했던 대로 호텔 예식장 입구부터 많은 축하객으로 북적거리고 있었다. 얌전히 접수나 하고 식장으로 들어갔으면 별 실수가 없었을 텐데, 어쩌자고 혼주이신 선생 내외분께서 먼저 나를 알아보고 반갑게 맞으시는 거였다. 평소대로 그냥 웃음만 지어도 결례가 아니었다. 아니면 그냥 '축하합니다'만 했어도 충분했는데, 뭔가 한마디 더 정중하게 덧붙이고 싶었다. '첫 경사를 축

하합니다.'라고 했어도 그냥 넘어갔을 것을, '초혼初婚'이란 단어가
불쑥 뱉어진 거다.

　순간, 어리둥절하시는 선생의 눈빛을 보면서 내 머릿속에서 번
개가 쳤다. 아! 대형 사고구나. 낭패감으로 심장이 벌렁거리고 얼굴
이 확~ 달아올랐다. 그러나 선생은 얼른 웃음으로 덮어 주시며 가
볍게 악수를 청했다. 대학자는 뭐가 달라도 달랐다.

　집에 와서 사전을 뒤져 보았다. 초혼을 찾으니 (1)처음으로 하는
혼인, (2)같은 말: 개혼開婚이라 되어 있다. 개혼의 의미도 포함하고
있으니 '크게 틀린 것은 아니다'라고 우기고 싶지만, 남의 집 경사스
러운 첫 혼례식장에서 재혼의 반대말로 더 익숙한 그 말을 굳이 꺼
낼 일은 아니었다. 더위를 먹어 내 머리가 어떻게 되었던가 보다.

　그날 이후, 말이 더욱 무섭게 느껴졌다. 조심한다고는 하지만 부
적절한 말을 꺼내 부지불식간에 무식함을 들어낸 것이 어찌 그때
뿐이겠는가. 가만히만 있으면 모자람을 드러내지 않을 수 있었을
텐데, 얕은 말로서 어찌 해 보려다가 화를 부른 적이 아마도 많았을
게다.

　지난 섣달그믐날엔 한참 만두를 빚고 찌고 동동거리는 중에 휴
대폰으로 메시지를 받았다. 내 강의를 듣는 회원에게서 온 문자였
다. 지독한 독감으로 2주째 앓고 있다더니 새해에 나의 건강을 기
원해주는 내용이었다. 바로 답신을 보낼 여유가 없었다. 정신없이

하루가 저물고, 자정이 가까워진 시간이 되어서야 겨우 허리를 폈다. 순간, 문자 생각이 났다. 올해가 다 가기 전에 답신을 보내는 것이 예의일 것 같아 조급한 마음으로 휴대폰을 열었다.

새해를 맞고, 초사흘이 되는 느지막한 밤이었다. 누군가의 메시지에 답신을 보낸 후, 저장된 발신 메시지들을 무심코 훑어보다가 나는 기절을 하고 말았다.

'아프다더니 좀 나아졌나요? 걱정했어요, 새해엔 더 간강하게, 사망하며….'

숨을 쉴 수가 없는 충격이었다. 명색이 말을 가르친다는 선생인데, 덕담도 모자랄 새해 벽두에 이럴 수가…. 너무나 미안하고 부끄러웠다. 그 황당한 문자를 읽으며 망연자실했을 꽃 같은 얼굴이 떠올라 그 밤 내내 한잠도 이룰 수가 없었다. 죄책감이 파도처럼 나를 후려칠 때마다 휴대폰 탓을 했다. 먼저 쓰던 S사의 휴대폰은 글자 배열이 잘되어 있어서 쓰기가 편했는데, 지금 쓰는 M사의 휴대폰은 2년이 다 되어 가는데도 아직 손에 익숙하지 않다. 메시지를 보내다가 자꾸 오자가 찍히는 바람에 짜증이 나서 그냥 통화버튼을 눌러버릴 때가 많다. 에구, 이제까지 휴대폰 탓을 해 봤자 어쩔 건가. 몇 해 전부터 돋보기를 안 쓰면 오자가 잘 보이지 않았음에도 불구하고, 확인하지 않고 전송 버튼을 누른 것이 잘못이지. 제발 읽는 사람도 침침한 시력으로 '간강'을 '건강'으로, '사망'을 '사랑'으로 읽어주었기를 바랄 뿐이었다.

입으로 잘못 뱉은 말은 상처는 남을지라도 증거를 남기지 않는데, 문자로 잘못 날린 말은 꼼짝없이 증거를 남기니 이 노릇을 어이 할까. 죄인이로다.

밤새 내 머리맡에서는 까악~ 까악~ 까치가 울었다.

4
(1980~2000)

어린 날의 초상

눈을 감으면 아지랑이 아롱아롱한 언덕길을 타박타박 걸어오는 조그만 계집아이가 보입니다. 수줍음이 너무나 많았던 조그만 가랑머리 소녀….

아득한 세월 저편에서 내게로 걸어오는 그 가랑머리 소녀는 언제나 말이 없습니다. 말이 없어도 나는 그 소녀의 말을 알아듣습니다. 누군가가 만약 소리 없는 말을 알아들을 수 있다면 그 둘은 이미 둘이 아니고 하나입니다. 우리 서로는 끊임없이 둘이 되기도 하고 또 끊임없이 하나가 되기도 합니다. 소리 없는 말을 알아들을 때 하나였다가, 다시 또 막힌 가슴으로 둘로 갈라서는, 인간은 참으로 묘한 존재들입니다.

가랑머리 소녀, 때때로 내게 찾아와 가슴을 휘저어 놓고 가는 소녀, 세월이 아무리 흘러도 어린 소녀로만 있는 어린 시절 속의 나! 나는 지금, 지워지지 않는 영상으로 내 가슴속에서 살아 움직이는 그때의 나를 보고 있습니다.

우리 가족은 이북에서 살다가 1·4후퇴 때 월남하였습니다. 피란을 나오면서 아버지를 잃고 또 오빠마저 세상을 떠나게 되니, 남은 사람은 어머니와 올망졸망한 우리, 네 자매뿐이었습니다.

사선을 넘으면서 목숨 하나 부지하기도 어려웠던 우리는 아무것도 가진 것 없는 빈주먹으로 어느 도시에 정착하여 살게 되었습니다. 어머니가 그곳의 여자 상업고등학교에서 교편을 잡게 되셨기 때문입니다.

방 한 칸 마련할 수조차 없었던 우리의 처지를 생각했음인지 학교에서는 관사에서 살도록 해 주었습니다. 그러나 사실 말이 관사지 방이 둘, 부엌이 둘 있는 작은 일본식 집이었습니다. 그나마 방하나는 숙직실로 사용했기 때문에 우리는 방 하나만을 차지하고 살았습니다.

나는 지금도 그 집이 눈에 선합니다. 방과 후면 어머니가 가르치시는 학생들이 우리 집에 들끓었습니다. 짙은 감색 교복에 하얀 칼라를 단 언니들이 떼 지어 오면 나는 혼자 마음속으로 예쁜 순서를 꼽아보곤 했습니다.

전쟁 뒤였기에 모두가 어렵고 가난했던 시절이었습니다. 수난을 함께 겪었던 그 당시 사람들의 마음은 지금보다 훨씬 순수하고 고왔던 것 같습니다. 그 당시 우리 집에 들락거리던 어머니의 제자들은, 그 외롭고 고달팠던 시절의 은사님이셨던 어머니를 못 잊어 하며, 삼십여 년이 흐른 지금까지 스승의 날이나 어머니의 생신이면 찾아오곤 합니다.

나는 그 집에서 초등학교에 입학했습니다. 그리고 막내인 내 동생은 내가 3학년이 되던 해, 만 다섯 살도 안 된 나이로 내가 다니는 학교에 입학했습니다. 학교에 다닐 나이가 안 되었지만, 어머니가 그렇게 하신 것입니다.

유복녀로 태어난 내 동생은 내가 학교에 가고 없으면 심심하고 외로워서 어머니가 가르치시는 교실마다 찾아다니며 어머니를 난처하게 했기 때문입니다. 동생은 어머니의 목소리가 흘러나오는 교실을 찾아내어 문을 빠끔히 열고는 "엄마, 나 심심해!", "엄마, 나 배고파!" 했습니다. 학생들은 동생이 귀여워 까르르 웃어댔지만, 어머니는 마음이 아프셨던 것입니다.

언젠가는 우리 앞집에 사는 마리아네 엄마가 아기를 낳자 마리아가 그것을 자랑했습니다.

"우리 아기 참 예쁘다. 너넨 아기 없지?"

아기가 무슨 인형쯤 되는 줄 알았던지 동생은 교실 문을 열어젖히고

"나도 아기 하나 낳아 줘!"

하고 울어 버린 일도 있었습니다.

동생이 입학한 후, 첫 번째 맞이한 봄 소풍 때의 일입니다. 김밥,

사탕, 과자, 과일 등 어머니는 동생 몫과 내 몫을 한 보자기에 싸주셨습니다. 보자기가 하나뿐인 데다가 동생이 너무 어리기 때문에 점심시간에 나보고 챙겨 먹이라면서 그렇게 싸 주신 것입니다. 나는 동생의 손을 잡고 학교를 향해 팔랑팔랑 걸었습니다. 날아갈 듯이 즐거운 마음이었습니다.

그런데 학교에 도착해 보니 1학년과 3학년이 각각 다른 곳으로 소풍 간다는 것입니다. 3학년은 1학년보다 조금 더 먼 곳으로 간다고 했습니다. 예측하지 못했던 일이었습니다. 난감했습니다. 도시락을 둘로 가를 수도 없을뿐더러 어린 동생을 혼자 보내는 것도 마음이 놓이지 않았습니다. 어찌할 바를 모르고 발만 동동 구르다가 나는 결정을 했습니다. 저 어린 동생을 위해 오늘 하루 학부모가 되어야겠다고 말입니다. 담임선생님께 말씀드렸더니 쾌히 승낙하셨습니다.

나는 먼저 출발하는 우리 반 소풍 대열을 한참이나 바라보았습니다. 눈물이 나오려고 하는 것을 꾹 참고 동생네 소풍 대열을 따라 걷기 시작했습니다. 신입생들이라서 그런지 학부모가 꽤 많이 따라왔습니다. 1학년 아이들과 비교해도 별로 크지 않은 조그만 내가 어머니들 사이에서 걷고 있으려니까 어머니들은 무척 궁금한 모양이었습니다.

"몇 학년이니? 너는 왜 소풍 안 가고 여기 왔니?"

그렇게 물어볼 때마다 도시락 보따리가 왜 그리 부끄럽던지, 감출 수만 있다면 어디에든 감추어 버리고 싶었습니다. 그런 마음 때문이었는지 도시락 보따리가 자꾸만 무겁게 느껴졌습니다.

목적지에 도착한 후, 동생을 솔밭 그늘로 데려와 점심을 먹였습니다. 동생은 언니인 내가 저를 따라온 것에 대해선 아무 생각도 없는지 재잘거리며 맛있게 먹었습니다. 점심을 먹은 뒤, 선생님의 호루라기 소리에 따라 동생은 다시 제 동무들 곁으로 갔습니다. 혼자 앉아 도시락 보따리를 챙겨 싸는 내 눈에는 뿌연 안개가 서려 왔습니다. 참았던 눈물 한 방울이 볼을 타고 흘렀습니다. '아, 이러면 안 돼, 난 오늘 학부모인데, 눈물 따위를 보이다니!' 나는 누가 볼세라 손으로 얼른 눈물을 닦아 냈습니다.

아름드리 소나무에 기대어 서서 동생네 반 아이들이 뛰노는 것을 보고 있었습니다. 수건돌리기, 술래잡기, 보물찾기…. 즐겁게 웃는 동생의 모습이 아지랑이처럼 아롱거렸습니다. 솔밭 위 하늘엔 눈부시게 하얀 날개를 너울거리며 학이 날아다녔습니다. 내 마음을 아는지 모르는지….

참으로 길고 긴 하루였습니다. 아홉 살의 소녀가 감당하기엔 너무나 힘들었던 봄 소풍. 그런데 왜 가끔 그때가 그리워지는지 나도 모를 일입니다.

게장

게를 보면, 옛날이야기로 들은 게 장사 생각이 난다.

건망증이 아주 심한 사람이 게 장사를 시작했다. 한번 들은 이름은 잊어버리기 예사여서 게를 한 짐 짊어지고 걸으며 열심히 '게'를 외웠다. 너무 골똘히 '게'만 생각하다가 그만 냇물에 실족하면서, 여태껏 외운 이름을 한순간에 잊고 말았다. 해 떨어지기 전에 팔긴 팔아야겠는데…. '옳지, 이놈 거동 좀 보자.' 지게를 벗고 상자 속을 한참이나 지켜보던 게 장사 목청껏 외쳤다.

"足은 二足이요, 小足은 八足이요, 眼目은 上天하고, 거품은 버글버글, 옆으로 실실인 것 사아려~."

고향이 원산이신 친정어머니는 게 요리를 매우 좋아하신다. 특히 입맛을 잃게 되는 봄철에는 어김없이 간장게장을 담그셨다. 나는 그 짭짜름한 게장만 있으면 다른 반찬은 거들떠보지도 않고, 밥

한 공기를 달게 먹었다. 그런 나에게 어머니는 종종 담그는 법을 일러주셨지만, 반드시 살아있는 것을 사서 하라는 말에 엄두를 못 내고, 해마다 어머니의 손길만 기대했다.

매주 금요일이면 아파트 마당에 수산물 차가 온다. 싱싱한 생선들을 조금 싸게 팔고 있어서 수산물 차가 오는 날이면 이것저것 많이 사게 된다. 그날은 무엇에 홀렸는지, 널려있는 다른 생선들은 다 제쳐두고 활개 치며 움직이는 게에 마음이 쏠려 얼결에 여섯 마리나 샀다.

"뭐 할 거예요?"

"게장이요."

그러자 아저씨는 아무런 손질도 하지 않고 검정 비닐봉지에 게를 담아서 건네준다. 봉지 안에서 버스럭거리는 녀석들을 보고 있으려니 어머니가 일러주시던 말이 다 달아나고 난감한 느낌만 들었다.

"아저씨, 이거 어떻게 해요?"

잔뜩 겁먹은 얼굴로 비닐봉지를 엉거주춤 들고 있는 내가 멍청한 게 장사만큼이나 바보스러워 보였던가? 아저씨는 실실 웃으며 나를 놀렸다.

"게장 담글 거라면서요? 그냥 가지고 가서 아이들보고 몇 시간 갖고 놀라고 하면 말이죠, 비실비실해지거든요, 그러면 씻어서 딱지 떼고 털도 뜯고 담그면 되지 뭘 그래요."

그날은 왠지 더 분주하기도 했지만, 게를 만지려면 나름 용기가 필요했던 것 같다. 바구니에 담아서 냉장고에 넣어 두었던 검정 비닐봉지를 꺼낸 것은 아이들을 다 재운 밤이 되어서였다.

냉장실에서 하루 종일 찬 공기로 기합받았으면 기절을 할 줄 알았는데 여전히 살았다고 기척을 하는 녀석들, 그 목숨의 끈질김을 대하니 더욱 전의가 사라졌다. 공연한 일을 시작했다고 후회하며 물속에 게를 쏟아 넣었다. 그러자 잠잠하게 있던 녀석들까지 아우성치더니 얼마 지나지 않아 톱밥을 게워내고 조용해졌다. 끈질긴 목숨에게도 수돗물이 독하기 독한 모양이다.

이제 됐구나 싶어 물속에서 가장 작은 녀석 하나를 조심스럽게 집어 들었다. 딱딱한 껍질 속에서 단단히 긴장하고 있는 것이 손가락 끝에 감지되었다. 아직 살아있어. 그러나 이제 와서 물러설 수도 없는 일, 내친김에 손가락 끝에 힘을 주는 순간, 아! 게 다리 하나가 내 손등을 툭 치는 것이 아닌가. 나는 기겁해서 들고 있던 녀석을 물속으로 던져 버렸다.

꿈틀거리는 모든 것은 나를 소스라치게 한다. 피곤하다고 먼저 자리에 든 남편에게 구원요청을 해보았다.

"그런 건 나도 못 하는데~, 그냥 먹은 셈 치자!"

잠에 취해 있기도 했지만, 게장 맛을 아직 잘 몰라서 미련 없이 버리라고 한다. 결국 나는 고무장갑을 끼고 나서야 그 일을 해냈다. 한 마리씩 손질할 때마다 전율하며 비명을 질러댔으며, 마지막 여섯 마리째는 쓰러질 지경이었다.

　한밤중에 홀로 진저리를 치면서 게장을 담그고 있으려니까 큰 이모님 생각이 났다. 지금은 고인이 되신 분이다. 팔순을 넘기면서 기억이 흐려져 사람을 잘 알아보지 못하면서도 옛날 일들은 생생히 기억나는지 게 잡던 이야기는 두어 번 들려주셨다.

　게는 새벽녘에 잡는다고 하셨다. 사위어가는 달빛에 차가운 바닷물 속으로 자맥질하며 게를 잡아 올렸다는 이모님의 꿈같은 처녀 시절 이야기. 들을 때마다 전설이다.

　이모님과 어머님의 고향인 원산의 모든 것, 명사십리 해당화, 두남리, 갈마반도…. 그런 낱말들이 품고 있는 전설들. 어머니가 담근 게장 속에는 그것들이 맛 들어 있다.

　천신만고로 힘들게 담근 게장을 식탁에 올려놓으니 딸아이가 좋아한다. 어머니와 나, 그리고 딸아이, 식성은 모계의 내력을 따르는 것인지…. 알맞게 맛이 든 게 다리를 자근자근 씹고 있으려니, 눈부신 명사십리 모래 위로 파도 소리가 들려오는 것만 같다.

카운트다운

나는 수에 대해서 퍽 아둔한 편이다. 복잡하게 배열되어 있거나, 단위가 높은 수를 보면 머릿속이 멍~ 해진다. 나는 그저 열 손가락으로 헤아릴 수 있을 정도의 수들이 좋다. 그런 수들은 나를 멍하게 만들지는 않는다. 그런 수들인 경우엔, 그들이 지닌 부피, 질량, 길이 등이 쉽게 머릿속에 잡힌다.

나는 복잡한 수보다는 단순한 수, 그리고 많은 수보다는 적은 수에 친밀감을 느낀다. 내가 절실해지는 것은 결코 큰 수가 아닌 작은 수 앞에서다. 그리고 그 절실함은 수를 더해 갈 때보다는 감해 내려갈 때 더욱 심각해진다.

수가 있는 이상 모든 것은 유한하다. 그러니까 숫자에서 탈출하는 자만이 꿈꾸는 영원을 얻게 될 것이다. 타의든 자의든, 나는 제로를 향해 나아간다.

유한한 목숨을 지녔기에 어쩌면 그건 필연일지도 모른다. 어찌 되었건 완벽한 제로 상태에 이르게 되면 숫자에서 탈출한 것 같은 해방감을 느낄 수 있다. 그러나 그런 상태는 실로 한순간에 있을까 말까. 어느새 나는 또 숫자에 골똘히 빠져 있는 것이다.

어린 시절. 어머니는 먹을 것이 있으면 동생과 내게 똑같이 나눠 주셨다. 그때 제일 맛있었던 것은 역시 알사탕이 아니었나 싶다. 사탕 한 봉지를 받아 가지는 날은 부자가 된 기분이었다. 먹지 않고 그냥 갖고만 있어도 달콤하고 든든한 느낌이었다.

그러나 우리는 얼마 못 가서 이내 카운트다운을 시작하는 것이었다. 봉지 속에서 하나씩 꺼내 먹을 때마다 먹어 버린 사탕의 수를 헤아리는 것이 아니고, 봉지 속에 남아있는 사탕의 수를 헤아렸다.

언니야, 이제 아홉 개 남았다. 또 하나 꺼내어 먹고는 이제 여덟 개지? 한쪽으로 물면 볼탱이가 볼록해지는 사탕을 우리는 되도록 천천히 녹여 먹으려고 했다. 그래서 이리저리 굴리지도 않고 가만히 물고만 있는데도, 사탕은 참으로 달고 달아 어느새 입 속에서 녹아버리는 것이었다.

행복은 왜 그렇게 금방 녹아버릴까. 야금야금 없어져 가는 사탕을 아쉬워하면서, 아껴 두었던 마지막 하나마저 입 속에 밀어 넣던 어린 날.

요즈음, 나는 어린 시절의 사탕 봉지 생각을 자꾸만 하게 된다. 아름다움, 젊음, 기쁨, 행복, 사랑, 말만 꺼내어도 단맛이 우러나는 그런 것들은 손에 쥐어졌다고 생각하는 그 순간에 사실상 카운트

4부(1980~2000)

다운에 들어간 것과 같기 때문이다.

어차피 소멸해 버리는 것, 우리 가슴속에 무지개 같은 환상으로 나 남는 그런 것들. 처음부터 갖지 않으면 상실의 아픔도 없으련만, 그걸 예상하면서도 단맛은 누구나 좋아하여, 그 맛을 추구해 가며 사니 그것이 문제다.

어렸을 때부터 나는 차멀미가 심한 편이었다. 어머니를 따라 동해안으로 가는 길이었다고 생각된다. 속이 울렁거리고 머리가 흔들려서 견디기 어려웠다. 어머니는 당신의 무릎에 내 머리를 눕히고는 한잠 자라고 하셨다. 그렇게 누우니 메스꺼움이 조금 덜해지는 느낌이기도 했다.

겨우 잠이 들었나 싶었다. 그러나 차의 흔들림과 소음 때문에 금방 깨어나 버렸다. 메스꺼움을 견디는 것이 얼마나 힘들었던지, 죽는 게 나을 거라는 생각도 했었다. 어머니는 창백한 내 얼굴을 내려다보시면서 안쓰러워하셨다.

참 용하구나. 이제 얼마 안 남았으니 조금만 더 참으면 된단다. 내 머리를 가만히 쓸어 주시면서, 얼마 안 남았다 하는 바람에 나는 겨우 지탱이 됐던 것 같다.

나는 속으로 계속 남은 거리를 어림하면서 카운트다운을 했었다. 어머니, 아직도 한 시간 남았지요? 아니, 조금 남았다. 한참 있다가 내가 또 어머니, 아직 삼십 분 남았지요? 했더니 어머니는 그래, 이젠 다 온 거나 같다 하시었다. 삼십 분이나 남았는데도.

고통의 순간에는 시간이 너무 더디었다. 그건 지금도 마찬가지다. 마음이 괴로우면 시간은 마냥 거북이걸음이다. 괴로움에 뒤채며 지새우게 되는 불면의 밤은 얼마나 길던가.

나는 요즈음, 시간의 흐름에 감사하는 마음이다. 더디게 느껴지는 그 시간이 고통의 무게를 카운트다운 하기 때문이다. 잘 다스려지지도 않고, 꼼짝하지도 않는 아픔들을 다독거리면서 그 무게를 조금씩 가볍게 해주는 세월, 그 손길에서 이제 얼마 안 남았다던 어머니의 음성을 듣는다.

시간은 모든 것을 삼킨다. 불꽃보다 더 이글거리던 격정, 환희, 분노들, 그리고 바위보다 더 무겁게 짓누르던 절망, 고통, 슬픔, 모두를 시간은 삼킨다. 우리 삶의 흔적이란, 시간의 벌판에 잠시 어른거렸다 사라지는 신기루 같은 게 아닐까.

유한한 목숨이 영원의 문으로 들어설 때, 가장 가벼운 몸짓으로 날아들 수 있도록, 시간은 친절하게도 카운트다운을 하는가 보다. 우리를 텅 비우게 하려고.

'수' 읽기

바둑이나 장기를 두다 보면 고수에겐 하수의 수가 한눈에 보이지만, 하수에겐 고수의 수가 잘 보이지 않는다. 고수는 상대방이 나아갈 길을 앞질러 알고 있어서 미리 대응하고 있는데, 하수는 그런 상대방의 수는 헤아리지도 못하면서, 자기의 수만 계산하고 나아가기 때문에 결국 게임에 지게 된다.

요즘 신문의 정치판을 보고 있노라면 어지러운 장기판을 보는 것 같다. 엇갈린 주장과 상반된 견해가 장이요, 멍이요, 치고받으면서 팽팽히 맞서 있다.

어느 하나가 진실이라면 그 다른 하나는 거짓일 텐데, 천성적으로 수를 읽는 데 약한 나는 고수와 하수를 분별할 수 없을뿐더러 이 혼란스러운 장기판을 해독할 수가 없다. 그래서 진위가 가려지지 않은 채 연일 계속되고 있는 공방전이 나에겐 지루한 장마보다 더 진력난다.

둘 이상만 모이면 이기고 지는 게임이 시작되는 우리 세상, 서로의 패를 잡아먹으면서 상대방의 영토를 장악하는 일, 동반자의 관계가 아니라 적대자의 관계가 되어 맞서는 일에 왜들 그렇게 몰두하는 것일까.

애초부터 어떤 꿍수를 지니고 있지 못해서인지 내 눈엔 도무지 남의 수들이 보이지 않는다. 그래서 대인관계에서 언제나 고수가 못 되고 하수가 된다. 그렇지만 하수로 살아가는 나의 삶에 대해서 별로 회의해 본 적이 없다. 더 솔직히 말하면 하수가 내 천성에 맞는 모양이다.

이런 나에게 뜻하지 않게 중책이 맡겨졌다. 언감생심, 아들아이 학교의 자모 회장직이다. 자모회의 기성회비 건이 시끄럽게 사회 문제화되던 시점이었다. 모든 학교가 전전긍긍하며 눈치를 보고 있는 분위기였다. 그런 상황에서 반장 어머니 회의를 소집하여 참석했더니, 교장 선생님이 어두운 표정으로 시국을 설명하며, 이럴 때는 별수 없이 전교 회장 어머니가 총대를 메야 한다며 박수를 유도했다. 졸지에 벼락을 맞은 느낌이었다. 경험도 없고 능력은 더욱 없어, 그릇이 아님을 누구보다 잘 아는 터라 한사코 사양했으나 받아주질 않으셨다.

무슨 일부터 어떻게 시작해야 할지 난감한 마음을 수습하기도 전에 펀치 하나가 날아들었다. 나름대로 자모 회장직을 마음에 두고 있었던 다른 반의 반장 어머니였는데, 그도 나만큼 교장 선생님의 처사에 충격을 받았던 것 같다. 이해할 수 없다고 불편한 심기를 노골적으로 드러내며 잡음을 일으켰다. 며칠 동안 마음을 끓이다가 침묵을 깨고 그에게 손을 내밀었다. 내 생각으로도 교장 선생님의 이번 수는 악수惡手임에 틀림없습니다. 그러기에 당신 같은 분의 도움이 더 절실합니다. 솔직하게 부족함을 시인하고 손을 내미니 그도 마지못해 손을 잡아주었다. 그러나 오래 지나지 않아 그는 즐겁게 일에 동참했고, 일 년 임기를 끝낼 때까지 적극적으로 나를 도왔다. 세상이 시끄러울 때일수록 더욱 순리를 따르고, 그 원칙에 최선을 다하는 것이 최선이라는 내 생각이 그를 편안케 한 것 같다.

살아가다 보면, 가끔 뒤통수를 맞을 때가 있다. 세상 물정 모르고 살다가 한 번씩 뒤통수를 맞으면 화들짝 충격이 크다. 하지만, 문제는 그다음이다. 나는 뒤통수를 맞고도 맞았다고 생각하지 않고 반응을 보이지 않는 것으로 나를 수습한다. 나를 친 고수의 수를 그의 방식으로 대처하지 않고, 하수인 나의 방식으로 복잡하지 않게, 편하게 읽어 버린다. 적대 관계도 한 편에서 무장해제를 하고 있으면 싱거운 게임이 될 수밖에 없지 않겠는가.

대체로 고수들은 사람을 만나면 우선 경계부터 하는 것 같다. 자기가 지닌 수가 많으니 으레 남들도 수를 많이 지녔다고 생각하는 것 같다. 남의 장기판 앞에서 훈수 들기를 즐기는 사람도 많다. 그럴 땐 이런 수를 써야 하는데, 아, 답답해라, 상대방의 수를 읽어야 해요. 훈수가 많다. 그런 사람들 눈엔 어떤 수들이 훤히 보이는 모양이다.

하수들은 자기가 지닌 수로만 상대방을 읽는다. 지극히 단순하여 어찌 보면 어리석고 미련하여 게임에선 번번이 지기 마련이지만, 나는 그런 하수가 되는 것이 속 편하고 좋다. 같은 하수끼리 만나면 눈물 나게도 인간미까지 느낀다.

내 친구들은 대부분 나에게 편안하다는 말을 즐겨 쓴다. 나도 그들이 편안하다. 편안함이란 속에 은밀히 품고 있는 꿍수를 걱정하지 않아도 된다는 말이라 여겨진다. 어떤 수를 지녔는지 경계하지 않아도 되는 친구를 가졌다는 것은 행복한 일이다. 때로 친구들은 나를 진정한 고수라며 추켜세워 주기도 한다. 평생 하수로 살아가라는 뜻임을 모르지 않는데, 그래도 기분은 좋다.

그런데, 가끔 하수가 진짜 고수라는 착각에 빠진다. 무수無數가 최고의 상수이니까.

산비둘기처럼

설악산에 다녀오려고 집을 나섰다. 며칠 동안의 짧은 여정인데도 챙겨야 할 짐이 왜 그리 많은지 지난밤 나는 몇 차례나 짐을 풀었다가 쌌다.

떠난다는 설렘에 아침도 드는 둥 마는 둥 하고 차에 오르니 서울을 미처 벗어나기도 전에 피로가 느껴지며 차멀미가 난다.

차창에 기대어 창밖을 보다가 머리가 어지러워 눈을 감는다. 눈을 감고 있지만, 나는 그의 시선이 염려하는 마음을 담고 내게 와 머무는 것을 느낀다. 부부란 무엇일까. 이처럼 눈을 감아도 상대방의 시선이나 동작을 환히 느낄 수 있는 것, 이것이 부부인가.

아침이면 나보다 먼저 깨어나는 이 사람. 혼곤히 잠든 아내의 얼굴을 잠시 바라보다가 그는 지난 밤늦도록 방랑의 날개를 달고 사유의 숲을 헤매다 온 아내의 단잠을 깨우지 않으려고 살며시 일어나 나간다.

아내의 방. 그 책상 위에 어지러이 널려있는 원고지, 펜, 책들. 끄적거리다 놓은 원고지의 분량을 헤아려 보고, 그는 아내의 잠이 얼마나 혼곤하며 또한 달콤한가를 어림하는 것이다.

아무리 깊은 잠에 빠져 있어도 화장실 물 흐르는 소리라든지, 신문을 들여놓기 위해 현관문을 여닫는 소리에 깨어나는 잠귀 밝은 아내를 위해 그의 발걸음이 얼마나 조심스럽게 놓이는가를 나는 안다.

말보다 행동이 앞서는, 그리고 행동 이전에 마음이 앞지르는 사람이기에 나는 그의 움직임 하나하나에 깃든 그의 마음을 피부로 느낀다. 미간의 찡그림이나 시선의 방향, 소소한 표정만으로도 그의 기분을 감지하게 된다. 그러나 그는 나보다도 더 빠른 그 무엇으로 내 마음을 감지하고 느끼는 힘을 지녔다.

그는 아무런 표현도 하기 이전에 내 마음의 상태를 알아내곤 한다. 그 앞에서 나는 애써 내 고달픔이나 아픔들을 내보이지 않아도 된다. 내가 굳이 표현하지 않아도 그는 묵묵히 내 고달픔이나 외로움, 아픔들을 가려내고 자신의 마음을 다해 그것들을 어루만져 주려 하기 때문이다.

그러므로 그와 함께 있을 때, 나는 가장 편안함을 느끼고 안식을 얻는다. 그것은 마치 포대기에 싸여 있는 아기의 편안함 같은 것일는지도 모른다.

설령 그가 시간적, 공간적으로 떨어져 있을 때라도 그가 펼쳐놓은 보이지 않는 마음의 자락이 마술 담요처럼 내게로 날아와 나를 감싸주고 있는 것 같다.

그는 내가 지고 있는 어떠한 고뇌의 짐조차 나와 함께 나누어 가지려 한다. 아니, 나누기보다는 차라리 그가 모두 맡아 짊어지고 가려 한다. 처음부터 그는 그렇게 내 곁에 있었다.

차가 홍천을 지나 두촌면에 이르렀을 때 그는 창밖을 가리켰다. 고등학교 1학년 때였던가. 그와 함께 농촌 계몽을 나갔던 마을들이 눈앞에 스쳐 간다. 20일간의 농촌 계몽을 하고 돌아오던 그해 겨울, 우리의 계몽 팀은 도보로 산을 하나 넘기로 했었다. 청소년들의 무전여행이 붐을 이루던 시기였으므로, 우리는 젊은 객기에 무거운 짐 보따리를 짊어진 채 산을 넘고 있었다.

그때 나의 짐 보따리를 나 대신 짊어지고 간 남학생이 바로 그였다. 같은 교회에서 수시로 부딪치는 여러 남학생 중에 유난히 말수가 적고 수줍음이 많았던 그에게 짐을 송두리째 떠맡기고, 나는 다른 활달한 남학생들과 주거니 받거니, 까르르 웃으며 힘겨운 산길을 넘었다.

내가 다른 남학생이 내미는 지팡이 한쪽을 잡고 따라가면서 가파른 산정을 오를 때에 그가 두 몫의 짐을 짊어진 채 묵묵히 내 뒤를 따라 걷고 있었음을 나는 모르고 있었다. 또한 계몽이 끝나던 마지막 송별 파티에서 내가 부른 '외나무다리'가 그가 즐겨 부르게 된 유일한 가요가 된 줄도 모르고 있었다.

그 후, 수년이 흐른 뒤, 나는 대학을 졸업하고 직장을 다니고 있었다. 대학원에 다니던 그가 마지막 학기말 시험을 치르고, 친구 두 명과 함께 커피를 사 달라며 불쑥 찾아왔을 때만 해도, 나는 그를 옛 친구 이상으로는 기억하고 있지 않았다.

그런데 그는 나에 대한 많은 기억을 간직하고 있어서 나를 놀라게 했다. 내 생일을 비롯해 내가 그에게 던진 간단한 말 한마디 등등 사소하고 평범한 일들을 아주 소중한 것인 양 조심스레 들추어내곤 했다. 그가 오랫동안 마음에 지니고 있던 기억의 조각들을 내 앞에 내보인 후, 나는 그 조각들을 하나로 연결해 봄으로써 비로소 그의 진심을 깨닫게 되었다.

그때까지 나는 자신의 마음을 너무나 쉽게 내보이는 사람들만을 보아왔던 때문인지, 자신의 진심을 상대방에게 전달하는 데 그토록 오랜 뜸을 들여온 그가 너무 서툰 남자로 생각되어 혼자 웃었다. 그런데 그 서투름이 못나게 느껴지지 않고 오히려 귀하고 소중하게 느껴지니 야단이었다.

명동의 조그만 카페에서 칵테일 한 잔을 앞에 놓고 그는 여전히 서툰 표현으로 구혼했고, 나는 웃음으로 받아들였다.

이제 세월이 흘러 그 서툰 남자는 자나 깨나 내 곁에 가장 가깝게 머무는 사람이 되어 있다. 나 한 사람 외에 우리의 분신인 두 아이를 합한 세 사람 몫의 짐을 그는 도맡아 짊어지고 가려 한다. 그리하여 늘 고달플 수밖에 없는 행장이건만, 그는 고달프게 생각하지 않는 듯했다.

나는 그를 산처럼 느낀다. 그리고 나를 그의 산자락에서 노니는 산비둘기로 생각한다. 나는 그가 지닌 마음의 높이만큼 날고 싶고, 그의 산자락을 벗어나는 일을 두려워한다. 나는 단지 그의 품이 저 설악산만큼이나 푸르고 넉넉하여 그 안에서 평화롭게 날기를 원한다.

때때로 밤늦게까지 원고지를 끄적이다가 혹은 나의 부푼 상념이 그의 키를 지나 창공을 날아다닌다 해도, 또한 그의 산자락을 벗어나 어느 방랑의 비상을 시도했을지라도 나는 어쩔 수 없이 그의 산자락에 깃을 털고, 안주하고 싶어 하는 한 마리의 산비둘기임을 어찌하랴.

차는 어느새 한계령을 넘어서고 있었다. 우리는 점점 설악의 심장으로, 심장으로, 들어가고 있었다.

한 잔 술에 취하여

요즈음 나는 대나무 복령으로 담근 술을 아침저녁으로 한 잔씩 마신다. 잘 익은 호박 빛깔의 술을 조그만 잔에 남실거리게 따라 놓으면, 그 빛깔과 향기가 마시기도 전에 나를 취하게 만든다.

한 모금의 술, 눈으로 입으로 가슴으로 마시는 한 잔 술엔 아지랑이가 있다. 봄날에 취하듯, 꽃향기에 취하듯, 한 잔 술에 취해 버리는 내가 너무나 재미있고 신기하다.

지난 연말, 그는 퇴근하면서 무슨 봉지 하나를 들고 왔다.

"이게 뭔지 알아? 대나무 뿌리에서 자라는 복령이라는 건데, 술에 담가 먹으면 피를 맑게 하고 무엇보다도 기관지에 아주 좋대."

그는 어린아이처럼 신이 나서 자기가 가져온 것을 자랑했다. 들여다보니까 처음 보는 이상하게 생긴 것이었다. 대나무가 자라는 지방에서 살아본 적도 없고, 대나무에 대한 견문도 없는 나로서는 그가 하는 말을 잠자코 듣는 수밖에 없었다.

4부(1980~2000)

열대 지방에서 나는 식물 열매처럼 단단하게 생긴 그것들을 소주에 보름이나 한 달쯤 담갔다가 마시게 되면 몸에 아주 좋다면서 그는 당장 술 담그기를 권했다. 기관지가 약해 감기에 잘 걸리는 나를 위해 특별히 직장 동료에게서 구해 온 거라며 그는 생색을 냈다.

"피를 맑게 하는 거라면 당신이 마셔야죠."

"그게 무슨 말이야, 당신이 마셔야지."

"아니, 내 피는 맑아요. 스트레스 쌓인다고 짜증 잘 내는 당신이 마셔야죠."

술을 담그면서 우리는 그것을 상대방이 마셔야 한다면서 입씨름했다. 물론 입씨름에서는 언제나처럼 내가 이겼다. 그렇지만 나는 또 그에게 지고 있는 자신을 느꼈다. 논리정연한 말솜씨보다 언제나 한 수 위인 것은 그의 져 주고 싶어 하는 마음임을 알기 때문에.

시간이 흘러갔다. 달이 한 번 차오르고 다시 기울었다. 며칠 전, 그는 저녁을 들고 난 후, 거실에 앉아 TV를 보다가 갑자기 그 술이 생각났던 모양이다.

아 참, 그거! 하면서 깜빡 잊었던 보화인 양 베란다에서 술병을 들고 왔다. 투명한 유리병 가득히 호박 빛깔의 액체가 눈부셨다. 적당한 망각과 기다림으로 우려낸 또 하나의 마술이었다.

그는 소주잔 두 개를 꺼내와 빛깔도 감미로운 그 액체를 찰랑거리게 담더니, 잔 하나를 내게 권했다. 그가 권하는 거라면 독이 든 술잔이라도 마다할 사람인가. 나도 호기 있게 술잔을 집어 들었다.

그는 먼저 한 모금 술맛을 맛본 뒤, 아주 좋다면서 나머지도 입 안에 흘려 넣었다. 이번엔 내 차례였다. 자, 어서! 그의 눈이 재촉하고 있었다. 눈 꼭 감고 술잔을 입으로 가져갔다. 나도 단숨에 술잔을 비워냈다. 아~ 이 즐거움! 짜릿한 쾌감이 혀에서 목으로, 그리고 다시 혈관 곳곳으로 번져 나가는 것 같았다.

이래서 사람들이 술을 마시는구나. 혀끝과 목젖을 적시는 이 짜릿한 쾌감 때문에 그 독한 액체를 마시고 또 마시는구나. 새삼스럽게 진리를 깨달은 것인 양 나는 고개를 끄덕이고 있었다.

그 짜릿한 쾌감을 어찌 알코올 홀로 빚어내는 것이라 할까 보냐. 술잔에 깃드는 우정, 사랑, 고독, 아픔들. 그런 것들로 말미암아 한 잔의 술은 더욱더 달콤하고 짜릿하고 쓰디쓰고 독해지는 것을.

한 잔의 술은 또 우리의 몸속에서 미묘하게 발효되어, 알 수 없는 열정을 불러오고 또한 환상을 일으키는 것 같다. 그는 자기가 건네준 한 잔의 술을 순순히 받아 마시고, 볼이 발그레해진 내가 그 어느 때보다 곱게 느껴졌는지 저녁 내내 흐뭇함을 감추지 않았다.

그날 이후, 퇴근하여 집에 오면, 내게 술 한 잔 먹이는 것이 그의 빼놓을 수 없는 일과가 되어버렸다.

"자, 마셔!"

그가 내 앞에서 황제처럼 명령하면, 나는 그때마다 미소로써 그 잔을 받아 든다. 이건 술을 마시는 것이 아니라, 마음을 마신다고 생각한다. 한 잔 술에 서려 있는 그의 마음을 단숨에 홀짝 마시고 나면, 예외 없이 난 머릿속이 얼얼해지고 손엔 땀이 나고, 온몸이 더워지고 나른하여져서 금방이라도 잠에 빠져들 것 같다.

밤마다 나를 이렇게 조금씩 취하게 만드는 일이 재미있어서 그는 회심의 미소를 짓는다.

"약효가 대단한가 보지? 이제 당신은 감기 안 걸릴 거야."

그는 정말 그 술의 약효를 대단히 믿는 눈치였다. 그러나 때로는 에이, 바보! 하면서 의자 깊숙이 파묻힌 나를 끌어당기며 놀린다. 남자란 무릇 자기 아내까지도 취하게 하고픈 풍객인 모양이다.

그는 모른다. 내가 왜 이렇게 한 잔 술에도 금방 취하는지를. 호박빛, 그 달콤한 액체를 꼴깍 마시고 나면, 내 가슴이 어떻게 타들어 가는지를.

누군가의 마음을 마시는 일은 즐겁다. 그것은 알코올의 농도와 주량에 관계없이 사람을 취하게 한다.

매일 매일을 꼭 요만한 취기로 살고 싶다. 요만한 체온과 요만한 몽롱함으로. 이렇게 한 잔, 또 한 잔 즐기면서 세월을 낚고, 신선이 되는 길은 없을까.

아직 그 신묘의 술이 많이 남아있으므로 당분간 나의 취기는 계속될 것 같다. 그것이 다 떨어지게 되면, 다음엔 무슨 술을 담가 볼까. 진달래꽃 술을 담글까. 솔방울 술을 담글까. 이번엔 내가 그를 취하게 하리라.

어머니의 안개

　며칠 동안 작은아이와 단둘이 지내게 되었다. 큰아이는 방학이라서 할아버지 댁에 내려가 있고, 남편은 잠시 해외로 출장 중이다. 둘만 남게 되었으니 몹시 적적하겠다고 염려하는 그에게 오히려 홀가분해져서 좋을 것이라고 큰소리쳤지만, 막상 두 모자만 달랑 남으니 마음이 자꾸만 허전해진다.

　오늘 밤, 아이는 더위 때문인지 밤늦도록 잠을 이루지 못했다. 그래서 목욕시키고, 머리맡에 앉아 부채질을 살랑살랑 해 주었더니 어느새 잠이 들어 버렸다. 열린 창으로 달빛이 스며들어 잠든 얼굴을 비춘다. 이슬처럼, 꽃처럼 고운 모습이다. 잠결에서도 엄마의 사랑을 느끼고 있으리라.

　나는 문득 어머니의 안개라는 것을 생각했다. 모성의 신비라고 할 수 있는 이 안개는 잠을 자는 밤사이에 어머니로부터 아이에게로 세 번이나 흐른다고 한다. 사랑으로 형성된 이 안개 막이 감싸주기 때문에 아이는 밤사이에 편안한 잠을 이루고 무럭무럭 크기도 한다는 것이다.

이 안개는 어쩌면 어머니의 몸속에서 아기가 자랄 때 아기를 보호했던 태반의 정기 같은 것인지도 모른다. 과학적으로 증명이 되는지 알 수 없지만, 사랑이나 정, 같은 이러한 정신 에너지는 과학의 세계를 뛰어넘는 차원에서 신비한 힘을 발휘하는 것임을 우리는 안다.

어머니가 되는 일은 가슴속에서 누에가 고치를 치듯 사랑의 안개 실을 뽑아내어 보호막을 만들고, 또 자신을 연소시켜 호롱불이 되는 일인 것 같다.

나는 어머니가 된 날부터 이제까지 밤잠을 제대로 자 본 것 같지 않다. 불침번을 서는 전방부대의 사병도 아닌데, 시각, 청각을 비롯한 모든 감각기능이 예민해져서 걸핏하면 깨어난다. 달빛이 너무 밝아도 잠을 설치고 어디선가 귀뚜라미 소리가 들려와도 잠자리에서 일어나 아이에게로 향한다.

아직도 탯줄이 연결된 것은 아닌지, 아이의 호흡이나 맥박 등을 잠결에서도 느끼게 된다. 편도선이 부어 열이 나거나, 체해서 아파할 때는 가위눌림을 당하는 듯 가슴이 답답해져서 엄마를 부르기 전에 아이에게로 간 적이 많다.

어머니의 안개를 생각하다가 나도 어느결에 잠이 들었던 것 같다. 그랬는데, 꿈자리가 왜 이리 어수선할까. 꿈인 듯 생시인 듯 시커먼 그림자가 방 안으로 성큼 들어서는 바람에 얼마나 소스라치며 깨어났던지.

아이는 곁에서 고른 숨소리를 내며 깊은 잠에 빠져 있는데 나의 잠자리는 공연히 수선스럽다. 그의 자리가 비어 있기 때문인가. 부부 사이에도 어쩌면 어머니의 안개 같은 그 무엇이 존재하는가 보다.

빈 낚싯바늘과 물고기

낚시, 하면 돌아가신 양주동 선생의 말이 생각난다.

"아니, 어디에 속일 것이 없어서 물고기를 속입니까?"

고요한 낚시터에 애교 있는 돌팔매질이다. 그런데, 그 말이 두고 두고 재미있다.

나는 낚시와 아직 친해지지 못하였다. 물고기를 속이는 일이 약간 비겁하게 여겨지는 면이 있긴 하지만, 내가 낚시를 배우지 못한 것은 순전히 다른 이유 때문이다. 꿈틀거리는 지렁이, 팔딱이는 붕어 등을 도저히 다룰 자신이 없었다.

내 나이 스무 살 때, 낚시를 좋아하는 사람이 가까이 있었다. 그를 따라 몇 번인가 낚시터에 간 적이 있었다. 그와 함께 있는 시간이 싫지 않았고, 물가에 앉아 맞는 들녘의 바람과 햇살과 풀 냄새 등이 신선하게 느껴졌던 기억이 난다.

숨소리조차 조심스러운 낚시터의 분위기에 주눅 들어서, 잔잔한 수면을 보고 앉은, 화석 같은 사람 곁에 나도 화석인 양 앉아 있었다. 그를 방해하고 싶지 않아 한마디 말도 건네지 않은 채로.

그러나 사실 나는 화석이 될 수 없었다. 물고기 낚아 올리는 일에 흥이 없기도 하였지만, 스무 살의 가슴이 고요한 수면처럼 잔잔하지 않았던 때문이다. 끊임없이 물살 무늬가 일었다.

그는 찌를 응시하고 있었다. 미세한 흔들림도 놓치지 않으려는 듯 열중하는 모습이었다. 너무 긴 시간 그렇게 있으면, 나는 좀 겁이 났다. 적막한 이 물가에 나 혼자 버려두고, 자기 혼자 화석이 되려나….

내 마음을 읽기라도 하는 듯, 그는 가끔 시선을 돌려 빙긋이 웃음을 보냈다. 그럴 때마다, 내 가슴 수심에서는 찌가 흔들렸다. 한나절 내내 두 사람은 각기 다른 것을 낚은 셈이다.

돌아오기 전에 그는 낚은 것들을 다시 물속으로 돌려보냈다. 어리둥절해서 쳐다보는 나에게, "더 큰 다음에 잡지." 하며 웃었는데, 그 말이 왜 '넌 아직 어려'의 울림으로 들렸었는지 모를 일이다.

흘러간 날들의 이야기이다. 생각해 보니, 그 시절 이후로 낚시터에 가본 적이 없다. 스무 살 그 시절에 낚시를 배웠더라면 좋았을 거라는 생각이 든다. 일찍이 낚시의 도, 그 멋의 세계를 익혔더라면 세상살이에서도 멋진 강태공이 되어 있을 텐데, 그것을 배우지 못하였기에 강태공이 못 되고 약자인 물고기의 습성으로 세상을 산다. 낚는 자가 아니고 낚이어지는 자로서~.

넓고 넓은 이 세상, 낚을 만한 것이 얼마나 많은가. 낚시꾼의 눈으로 보면 세상은 온통 월척의 바다다. 한 생명으로 태어났으니 월척 하나는 건져 올려야 되지 않겠는가. 생명을 주신 분께 대한 예의로라도 그래야 할 것 같다.

그런데 지금까지 낚시꾼의 시선이 아닌, 물고기의 시선으로 세상을 내다본 것 같다. 미끼에 걸려드는 슬픈 존재가 되지 말아야겠다는 생각이 나를 지배했는지도 모른다. 그저 꼿꼿한 자존심 하나 챙기면서 지탱해 온 세월이라 하겠다. 소심하고 소극적이며 피동적인 삶의 자세다.

그렇게 살아오면서 나름대로 깨우친 것이 있다면, 도, 예, 멋 등이 낚시꾼에게만 있는 것이 아니고, 물고기에게도 있다는 얘기다.

고도의 기술과 경험을 지닌 낚시꾼의 솜씨에 저도 모르게 끌려드는 것은 멋이 아니다. 미끼도 잘 다룰 줄 모르는 서툰 낚시꾼의 낚싯바늘에 알면서 다가가 물어주는 것, 그것이 멋이다. 그래야 세상이 재미있다. 알면서 속아 넘어가 주는 멋, 비어 있는 낚싯바늘로 고기를 낚는 세상, 나 혼자 잘난 공상을 하는가 보다.

가을이 깊어 간다. 비 온 후, 나뭇잎은 홍조가 짙어가고, 하늘은 푸른빛으로 살아나고 있다. 저 푸른 하늘에 낚싯대를 던져 보면 어떨까. 태양만큼 뜨거운 희망 하나 월척으로 건졌으면 좋겠다. 낚싯바늘은 비어 있는데 월척을 낚는 꿈을 꾼다.

종소리

어쩌다 마음이 공허해질 때면 귓가에 들려오는 울림이 있다. 산 넘고 물 건너 바람 타고 들려오는 아득한 목소리 하나.

"나도 널 위해 종을 치고 싶어."

영화 '노틀담의 꼽추'를 보고 나오던 길이었다. 안소니 퀸의 열연에 사로잡혀서 한참 동안 꿈꾸는 눈빛으로 앉아 있던 그가 불쑥 던진 말이다. 순간, 당황한 나는 피식 웃음을 날렸지만, 그는 웃지도 않았다. 묘한 떨림 때문에 일부러 못 들은 척 딴전을 피고 있었지만, 그의 말은 범종 소리만큼이나 큰 진폭으로 나를 흔들었다.

아주 오래된 옛날이야기다. 지금은 시간이 흘러 그저 멀고 아득하지만, 한때는 그 목소리에서 묻어나는 열망으로 세상을 다 얻은 것 같은 희열을 맛보았다.

정말 철없이, 현실 속에서도 목숨을 사르는 영화 속 이야기가 가능하리라고 여겼다. 마음만 먹으면 밤하늘의 별도 딸 수 있을 것이라 믿고 싶었다. 그 겁 없던 계절이 얼마나 아픈 자국을 남겨놓고 물러가는지 그때는 미처 헤아리지도 못했다.

열망의 높이를 재려고 발돋움하다가 거꾸로 절망의 깊이를 재며 나락으로 떨어졌다. 시행착오 뒤에 깨달음이 왔다. 넝쿨의 한계, 그 비애에서 벗어날 수 없다는 것이다. 하늘을 향해 오르고 싶어 버둥거렸던 것은 마음뿐, 어느 한순간도 서로 다른 땅에 뿌리 내린 넝쿨의 운명임을 벗어날 수 없었다. 더 이상 오를 수 없으니 공연한 헛손질로 가슴에 상처만 키운 셈이다.

그 뜨거운 계절이 바람처럼 스쳐 가버린 뒤, 한참 아팠다. 아플 만큼 아프고 나서야 자유로움을 얻을 수 있었다. 한 오라기의 욕심도 일어나지 않아 빈 뜰에 서 있는 듯 허허로웠다. 그 허허로움은 차라리 안식이며 평화였다. 이대로 그냥 핼쑥하게 여윈 낮달처럼 가만히 떠서 한세상 살아가도 좋을 듯싶었다. 그런 상태가 상당히 오래 지속되고 있었다.

그런데 시간이 가만 내버려 두지를 않는다. 채우려 할 땐 비우게 하고, 또 비우려 할 땐 채우게 하는가 보다. 비어 있는 나에게 조금씩 생기를 불어넣어 주며 또다시 열망하게 하고 꿈꾸게 하려 한다. 거기에 순응하듯 변화되어 가는 내가 새삼스럽게 재미있다.

어느 모퉁이를 돌다 보면 또 만나질 것 같은 범종 소리. 이러니 세월이 참 묘약이긴 하나 보다.

저자 연보

1948. 3. 11. 함경남도 원산에서 父 문종구 씨와 母 최정순 씨의 1남 4녀
중 셋째 딸로 태어남

1950. 전쟁 상황에서 국군이 밀려 내려가자 아버지는 가족을 원
산 앞바다에 위치한 모도라는 섬으로 임시 피난시켜놓고
큰 배를 구하여 월남하려고 다시 원산항으로 나가신 후, 실
종되어 이산가족 됨

1951. 섬에서 6개월 후, 미 함정 LST정을 타고 거제도 피란민수
용소로 옴

1954. 강원도 원주에서 어머니가 교편을 잡게 되어 원주 명륜초
등학교 입학

1959. 어머니가 춘천으로 이직하셔서 춘천초등학교로 전학, 졸업

1960~1963. 춘천여자중학교 졸업

1963~1966. 춘천여자고등학교 졸업

1966~1970. 성심여자대학(현, 가톨릭대학교) 사회사업과 졸업

1970. 서울살이 시작

1970~1974. 진해화학주식회사 근무

1974. 이용찬과 결혼, 딸 수진, 아들 성배 두다

1981. 계간문예지 《시와시론》에 수필 「그네」로 초회 추천

1982. 계간문예지 《시와시론》에 수필 「매듭」으로 완료 추천

1986. 첫 수필집 『언덕 위에 바람이』 출간/ 시문학사

1990.	아버지 테마 수필집 『상사꽃 아버지』/ 언어문화사에 중편 수필 출간
1993.	두 번째 수필집 『그리움을 아는 자만이 고통을 알리』 출간/ 지성문화사
1994.	제12회 현대수필문학상 수상/ 한국수필문학진흥회 주관
2000.	우송전문대학 출강
2001~2010.	제7차 개정판 국정교과서 〈중학국어1-1〉에 수필 「어린 날의 초상」 게재
2003. 5.	건국대 충주캠퍼스예술대축제 초청 명사 강의(열정에 관하여)
2004.	자랑스런 가대 성심인상 수상/ 가톨릭대학교 주관
2005.	유방암 진단 (투병)
2004~2015.	인천 중앙도서관 평생학습에서 수필 강좌
2008. 6.	맥심문학회 초청 문학 특강
2009. 5.	서울 언주중학교 교과서 작가 초청 문학특강(교과서 작가와의 만남)
2009. 10.	서울 강남교육청 주관 강남 제1지구 도서관 축제〈작가와의 대화〉
2010.	현대100인수필선집 『바닥의 시간』 출간/ 좋은수필사
2010. 4.	경기도 양주골문학회 초청 문학강의
2010. 7.	경기도 양주시청 꿈나무도서관 초청 문학 특강
2010.	에세이스트 올해의 작품상 수상/ 에세이스트사
2011.	제4회 정경문학상 수상/ 에세이스트사 주관
2011. 3~7.	경기도 동두천문학회 초청 수필문학 특강(총12회)
2011. 6.	오랜 서울살이를 끝내고 강원도 원주로 거처를 옮김
2012. 10.	경기도 부평시 글마루도서관 초청 문학 특강

2013. 10~11. 경기도 양주시청 초청 인문학 특강(2회)

2014. 10. 경기도 소요문학회 초청 인문학 특강

2015. 3. 암 재발 (투병)

2015~2022. 강원도 원주노인종합복지관 문예창작반 강좌
(《동악수필》, 매년 발간)

2017. 계간 《창작산맥》에서 시 「파도」 외 2편으로 신인문학상으로
시 등단

2017. 8. 제1회 포토포엠 개인전(80점)/ 원주치악예술회관 전시실

2018. 5. 제2회 포토포엠 개인전(60점)/ 원주시립중앙도서관 전시실

2018. 12. 2인콜라보 시화전(시:문혜영, 그림:신란숙)/ 원주시립중앙
도서관 전시실

2018.~ 원주문인협회 이사(수필분과장)

2018~2020. 한 도시 한 책 읽기 선정위원장

2019. 5. 세계 물의 날 글짓기 공모전 심사

2019~2021. 치악생명문학제 전국청소년 백일장 심사(3회)

2019. 9. 원주시립중앙도서관 독서의 달 인문학 특강(2회)

2020. 3.~ 원주시립중앙도서관 문예창작반 수필 강좌 개설

2020. 6. 치악산 전국청소년 백일장 심사

2020. 8. 생명문학상 공모전 심사

2020. 12. 원주수필 창립, 초대회장으로 창간호 『울음을 풀다』 출간

2020~2021. 한 도시 글쓰기 대회 심사(2회)

2020.~ 원주예총 감사

2020.~ 더수필 선정위원

2020. 7. 첫시집 『겁 없이 찬란했던 날들』 출간/ 북인
(강원문화재단 우수작품지원금 수혜)

2020. 10.	건강보험공단 인문학 특강 〈길 위의 인문학〉 영상 특강
2021. 1.	원주시립중앙도서관의 이달의 작가로 선정되어 〈시로 말하다〉
	영상특강이 유튜브에 업로드 됨
2021. 7.	원주시장 표창장(모범예술인상)
2021. 10.	수필집 『시간을 건너오는 기억』 출간/ 열린출판사
	(원주문화재단 전문예술인 지원금 수혜)
2021. 12.	《원주수필》 제2호 출간
2021. 12.	강원도립무용단 창작무용시에 「바닥의 시간」이 선정되어 공연됨
2022. 4.	제15회 한국산문문학상 수상
2022. 5.	제14회 조경희수필문학상 수상
2022. 5.~	암4기 진단 (투병)
2022. 7.	전국독서대전 7월의 작가로 선정, 인터뷰온(유튜브에 업로드)
2022. 9.	강원도지사 표창장(강원도 우수예술인상)
2022. 10.	대한민국독서대전 1달 1권 읽기 10월 도서선정
	『시간을 건너오는 기억』 유튜브에 업로드
2022. 12.	《원주수필》 제3호 출간
2022. 12.~	원주문화재단 이사 선임
2023. 8.	전국생명문학상 심사
2023. 8.	한국현대수필100년 100인 선집 『서툴러야 인생이다』 출간/북랜드
2023. 8.	원주시민 대상 창작강좌 〈나는 이렇게 쓴다〉

2023. 현재　　원주문화재단 이사, 원주예총 감사, 원주수필 회장,
　　　　　　　원주문협 이사, 강원문협 이사, 강원수필 부회장,
　　　　　　　한국문협 회원, 국제펜클럽 회원, 더수필 선정위원,
　　　　　　　수필문우회 운영위원, 북촌시사 회원, 원주시립중앙도서관
　　　　　　　문예창작반 강사, 《동악수필》 고문

■ E-mail: hy4113@hanmail.net
　네이버 블로그: 문혜영의 서재